AR

# Un peu plus près des étoiles

Rachel Corenblit

# Un peu plus près des étoiles

bayard

*À Virginie, Marie-Laurence et Justine.*
*Une pour toutes, toutes pour une.*

*I'm worse at what I do best*
*And for this gift, I feel blessed*
*Our little group has always been*
*And always will until the end*
– Nirvana, *Smells like teen spirit*

Photographies de couverture : © Marcel/Stocksy/stock.adobe.com
© BONNINSTUDIO/Stocksy/stock.adobe.com

18 rue Barbès, 92128 Montrouge Cedex
ISBN : 979-1-0363-0571-9
Dépôt légal : septembre 2019
Troisième édition - Décembre 2021
Loi n°49-956 du 16 juillet 1949 sur les publications destinées à la jeunesse.

# - 1 -

# Mala vida

## 1988, Mano Negra

*Tu me estás dando mala vida...*

La fille qui se trouvait en face de moi n'avait plus de visage. C'était comme s'il avait fondu. Comme s'il s'était désagrégé, comme si sa peau s'était racornie, comme si des trous s'étaient formés un peu partout, comme si ses os avaient poussé de biais et s'étaient éparpillés au hasard, sous sa chair mâchée et retournée.

C'était un visage qui ressemblait à la lune, avec des cratères, des impacts profonds, des tranchées, des zones plus sombres que d'autres.

Un visage brûlé, ravagé, détruit.

Si j'avais ce visage, je pense que je serais mort.

Elle avait des paupières sans cils, pas de sourcils. Sa joue droite pendait plus que sa joue gauche. Son nez raboté était beaucoup trop court, ses lèvres étaient recouvertes de croûtes et son cou ressemblait à du vieux cuir tanné, traversé de coutures épaisses. Son front était presque lisse, mais sa couleur rouge lui donnait un aspect aussi répugnant que le reste de son visage. Une casquette d'un bleu électrique couvrait son crâne et quelques touffes de cheveux blonds dépassaient sur les côtés, comme des fils électriques coupés à ras. L'une de ses oreilles, la droite, était rabougrie, ratatinée, toute repliée sur elle-même. À l'autre, une boucle en forme de cœur se balançait au bout d'une chaînette en or, un peu ridicule, un peu inutile, un geste de coquetterie absurde.

Mon père m'avait prévenu: «Si tu rencontres les patients d'ici, tu ne fais pas de commentaires, tu réagis le plus poliment possible. Tu risques d'être surpris, mais surtout tu es diplomate, tu ne montres rien à ces pauvres gens. Ils ont déjà tellement souffert. Tu vas en croiser pas mal, ici, des abîmés, des malheureux, et il y a même un secteur pour les enfants et les ados. Je compte sur toi pour rester maître de tes réactions.»

Il me met toujours la pression. Il voudrait que je sois parfait.

Parce que cette fois-ci, mon père n'avait rien trouvé de mieux que de nous caser dans un centre de repos pour les grands brûlés, les accidentés, les amputés, qui viennent de subir une opération de chirurgie réparatrice.

La première personne que j'ai croisée, c'est une femme qui n'avait plus de doigts. Ni à gauche, ni à droite. Coupés au ras de la première phalange. Cadeau de bienvenue. Elle se trouvait devant l'immeuble des logements de fonction, assise sur un banc. Elle ne m'a pas regardé, occupée à fixer la pointe de ses pieds.

Une manière de me plonger dans le bain directement.

Je l'ai ignorée, j'ai placé mon casque sur mes oreilles, monté le son à fond, puis j'ai porté les cartons jusqu'au troisième étage dans ma nouvelle chambre, et je n'ai fait aucun commentaire, rien. À quoi cela aurait-il servi? Mon père m'aurait affirmé que j'étais suffisamment grand pour affronter les réalités de la vie. Et dans la vie, on rencontre des gens qui n'ont plus de doigts tous les jours.

Face à la fille au visage détruit, je suis resté immobile et j'ai senti que j'écarquillais les yeux. Je ne le faisais pas exprès. Je ne contrôlais rien. Pourtant, j'étais conscient que je ne devais pas réagir ainsi. J'entendais la voix de ma conscience me hurler dessus : « Bouge, Rémi, ne reste pas planté comme un arbre mort, ferme ta bouche, cache ton dégoût. »

Ce n'était pas humain d'avoir un visage pareil. Je devais afficher exactement l'expression que mon père m'avait défendu d'avoir. Celle qui faisait de la peine, celle qui heurtait et blessait. Mais je n'y pouvais rien. C'était plus fort que moi.

Nous étions tous les deux devant le self du centre. Elle en sortait, j'y entrais. Avec mon père, nous avions débarqué la veille. Le frigo était vide tout comme les placards de la cuisine. Il m'avait donné deux tickets signés par l'administration pour que je puisse récupérer des plateaux-repas. Ce n'était pas la première fois que je remplissais ce genre de mission. En général, je me repérais rapidement dans les hôpitaux, les maisons de retraite, les cliniques. À croire que les architectes manquaient d'imagination. Et puis, il suffisait de suivre les flèches. C'est facile de vivre dans un univers où toutes les directions sont indiquées par des panneaux.

La fille me regardait. Ses yeux bleus étaient immenses. Des yeux qui auraient pu être magnifiques. C'est ce que j'ai pensé, à ce moment : elle avait des yeux qui auraient pu être parfaits, des yeux d'une couleur unique, d'une forme parfaite, mais tout le reste, ce massacre, ce ravage, ce n'était pas humain.

Alors, son visage s'est déformé. Je veux dire, encore plus déformé qu'il ne l'était. Un truc atroce. Ses joues se sont soulevées. J'ai vu les tendons apparaître, tout un mécanisme de rouages jouer sous sa peau qui se tordait, se dépliait, se déployait. J'ai réalisé que c'était une sorte de sourire. Voilà, elle souriait, et son sourire était une grimace atroce. J'aurais aimé m'enfuir, comme un lâche qui court devant un fantôme, une vision d'horreur, pour ne plus la contempler.

— Hé, cache ta joie, Machin. C'est super romantique comme rencontre. Manque plus que les violons, non ?

J'ai ouvert la bouche pour répondre, mais je me suis retrouvé sec, sans répartie.

Son sourire a fait apparaître d'autres trous, d'autres cicatrices, a atteint ses yeux, qui se sont mis à briller. Décidément, ces yeux-là étaient la seule trace de son humanité, quelque chose de normal, qui rappelait la fille qu'elle avait dû être. Peut-être une belle fille, en tout cas quelqu'un comme moi. J'ai cru voir une larme apparaître, mais elle m'a bousculé très fort en heurtant mon épaule pour avancer. Je n'ai pas réagi.

— C'est ce qu'on appelle un coup de foudre, Machin, elle a dit en s'éloignant, et son rire grinçait tellement que j'ai eu pitié.

Ce n'était pas le bon sentiment à éprouver pour Sara Wolkowit, mais je ne le savais pas encore.

## - 2 -

# L'aventurier

### 1982, Indochine.

*Égaré dans la vallée infernale...*

Dans ma vie, j'ai déménagé dix-neuf fois. En dix ans, ce n'est pas mal du tout.

Quand j'étais plus petit, je ne réalisais pas. C'était normal de ne pas avoir sa chambre et d'arriver dans une école sans connaître personne, tout en sachant qu'on allait partir vite et qu'il était inutile de chercher des amis. Je n'ai pas tenu à jour la liste de toutes les cliniques, les centres de rééducation, les maisons de retraite, toutes les villes, toutes les campagnes, tous les trous perdus, où nous nous sommes retrouvés.

C'est ma grand-mère qui comptabilise tous nos déplacements sur une carte qu'elle a accrochée dans sa chambre, au-dessus de son lit, en fixant une punaise sur chacun des endroits où nous avons posé nos valises. Dix-neuf de ces punaises parsèment la France. Des points rouges et bleus qui retracent mon enfance. Une constellation multicolore hasardeuse.

Je vais avoir quinze ans. Je crois que je détiens le record mondial de changements d'adresse. La France, je la connais. Ses montagnes, ses plaines, ses rivières, ses églises, ses places de la mairie, ses routes départementales, ses centres commerciaux, ses salles des fêtes municipales.

Et ses hôpitaux surtout.

En géographie, je suis devenu imbattable. Je peux situer, les yeux fermés : Digne, Font-Romeu, Crest, Bagnères-de-Luchon, Saint-Juéry, Graissac, Saint-Affrique, Trémouilles et même Blou.

Qui connaît Blou ?

Alors, quand mon père est entré dans ma chambre, sans frapper à la porte, en baissant la tête, avec cet air particulier qu'il prend pour m'annoncer les mauvaises nouvelles, j'ai ôté mon casque, en douceur, parce qu'il est fragile. Il est vieux. Il a vécu. C'est du bon matériel qui résiste au temps, qui peut survivre à tous les déménagements mais dont il faut prendre grand soin. J'ai parlé avant lui :

— Jamais de la vie, papa ! Je reste ici ! Je ne veux plus bouger ! Hors de question de partir !

Mon père n'a pas répondu. Il s'est contenté de se frotter le sommet du crâne. Comme il perd ses cheveux depuis quelque temps, il a le réflexe de vérifier s'il lui en reste quelques-uns coincés entre les doigts.

— Tu m'avais juré que c'était un poste fixe, papa. J'ai fait ma rentrée au collège Ferry et c'est plutôt tranquille, pour une fois. La troisième, c'est pas facile, quand on débarque comme moi. Ils se connaissent tous depuis la sixième. J'ai vraiment ramé pour me faire des amis. Et j'en ai ! Jérémy et Romain. C'est des prénoms sympas. Mes premiers Jérémy et Romain. Et Lucas, aussi. Jamais eu de copain Lucas dans ma vie ! Et tu vois, dans une heure, on s'est donné rendez-vous pour aller au parc jouer au foot. Tu te rends pas compte, c'est la première fois que je vais jouer au foot. Tu peux pas me faire ça !

— Tu n'aimes pas le foot, Rémi.

— Qu'est-ce que tu en sais, d'abord ? T'as jamais joué avec moi. Et puis, je suis prêt à aimer n'importe quoi, du moment que c'est pour passer du temps avec des potes. Tu sais, les potes, les amis, les gens avec qui on s'amuse et qu'on a l'habitude de voir souvent, à qui on se confie et qui nous font du bien. Un truc social, quoi, un truc humain !

Il s'est installé sur mon lit en poussant une des mes cassettes sur le côté. Je déteste quand on y touche alors je me suis crispé. Il a dû le sentir. Il a éloigné sa main. C'est vrai que je ne supporte pas quand quelqu'un d'autre que moi les manipule.

Elles sont fragiles.

— Ils n'ont pas renouvelé mon contrat. C'est ainsi. Je ne peux rien faire. On déménagera aux vacances de la Toussaint, tu termineras ton trimestre dans un nouveau collège.

Et voilà. On était donc repartis pour un tour.

— Tu as demandé à rester, au moins ? Tu leur as expliqué notre situation ?

— Bien entendu. À un moment, j'ai cru que Jolivet n'allait pas revenir. Mais il s'est rétabli. Et il trépigne de reprendre son poste, apparemment. Je peux facilement le comprendre.

Jolivet, c'est le médecin qu'il remplaçait. Mon père est généraliste et, depuis dix ans, on fait appel à lui quand un docteur doit s'absenter ou ne peut pas assurer son travail. Il est une sorte de roue de secours des hôpitaux. Il paraît qu'on se l'arrache et qu'il est réputé pour sa capacité à s'adapter à toutes les situations. C'est ce que ma grand-mère m'a confié. Le jour où il voudra s'installer quelque part, il n'aura que l'embarras du choix.

Il pourrait même revenir là où nous habitions avant. En Normandie. Près de Caen.

Sauf que mon père n'a pas envie de poser ses valises. Ce serait trop simple.

— Que tu comprennes ce Jolivet, je m'en tape. Tu peux comprendre la Terre entière, si tu veux. Ça serait bien que tu me comprennes aussi bien que le reste de la population mondiale. Je ne veux plus déménager !

Il a esquissé un sourire.

— Parce que tu te plais, ici, toi ? Vraiment ?

À chaque fois que mon père accepte un poste, l'hôpital doit nous loger. Là, il faut bien avouer que nous n'étions pas gâtés. L'appartement de fonction se trouve juste au-dessus de la buanderie du centre de convalescence. Toute la journée, une fumée dense sort des tuyaux et le ronronnement des machines traverse les fines cloisons qui se mettent à trembler au rythme des tambours battants. Quand je pose ma main dessus, je sens les vibrations.

Sans parler de l'odeur de désinfectant qui imprègne nos vêtements, nos meubles, âcre et étouffante. Sûr que ce n'était pas le paradis, cet endroit.

Mais si j'y réfléchissais, c'était rarement le cas.

Juste avant de venir ici, à Aubagne, on était logés dans un studio de vingt mètres carrés. Pour respecter mon intimité, mon père dormait dans la salle de bains, le matelas posé dans le creux de la baignoire. Près de Vierzon, on est restés quatre mois dans une sorte de cave voûtée, avec deux petites fenêtres grillagées au ras du sol pour laisser entrer la lumière. Des murs humides, un carrelage au sol qui se fissurait et qui sentait le vieux fumier moisi. Au collège, personne ne voulait s'approcher de moi parce que mes vêtements avaient pris l'odeur. Vers Albi, on a eu droit à un loft immense mais le chauffage est tombé en panne très vite. Les services techniques ne sont jamais venus le réparer. On a porté l'anorak à l'intérieur tout l'hiver. Et le bonnet. Et les gants. En plus, c'était un poste dans un asile psychiatrique. Comme si mon père l'avait fait exprès. Sous les fenêtres de l'appartement, les internés se baladaient comme des zombies qui errent dans les films d'horreur. J'avais dix ans. J'étais terrorisé à l'idée d'aller dehors. J'en fais encore des cauchemars, de cet endroit. Je me vois déambuler parmi les morts-vivants, en tenue de ski. Avec ma mère derrière moi qui tend les bras pour m'attraper. Elle s'approche. Elle me frôle à chaque fois. Je m'échappe de justesse.

À côté de Mazamet, l'année dernière, on a dormi dans un vieux mobile home au fond du parc de la clinique. Ce vieux truc grinçait dès que le vent se mettait à souffler trop fort, sous des grands arbres qui balançaient leurs branches comme pour nous effrayer. Je devais marcher une heure, sans exagérer, pour récupérer le bus scolaire, traverser la forêt sinistre. J'étais en quatrième. Les autres élèves, avec leur sens de l'accueil, me surnommaient « le Gitan ». Je n'ai jamais démenti, je me suis inventé un père ferrailleur, une mère capable de lire les lignes de la main, le don de jeter le mauvais œil. Résultat, je ne me suis pas fait un seul ami. Pas une seule invitation pour aller au cinéma, aucune fête, rien. Je me suis senti vraiment seul. Le genre de solitude qui donne envie de s'enfermer dans sa chambre et de ne plus jamais en sortir. Sauf que je n'avais pas vraiment de chambre dans ma roulotte.

La forêt immense autour de moi. Les lamentations des hiboux pour m'accompagner. Le ciel sombre clouant au sol les mélèzes fatigués.

Et à Biarritz, après Mazamet, on nous a casés dans deux chambres de bonne qui se trouvaient dans les combles de l'hôpital. Mon lit devait dater de la Première Guerre mondiale et le plancher grinçait quand on marchait sur les lattes de bois posées de travers. Une nuit, il a tellement plu que les gouttes ont fini par traverser le toit. Un déluge s'est abattu sur nous. Je me suis retrouvé trempé, en pyjama, grelottant dans un petit coin resté au sec dans ma chambre. Je crois que j'ai maudit mon père. J'ai maudit son instabilité. Son incapacité à se fixer. À toujours vouloir aller voir ailleurs si c'est mieux. À ne pas me considérer autrement que comme une valise qu'on peut déplacer d'un endroit à un autre.

Je n'aime pas l'aventure. Au contraire, moi, j'aimerais avoir une vie tranquille, où tout est prévu d'avance, sans surprise.

Une vie sereine.

— Au pire, je vais vivre chez mamie !

— Nous avons déjà eu cette discussion, Rémi. Mamie est trop âgée, elle ne peut pas t'héberger. C'est inutile de remettre cette idée sur le tapis constamment. C'est un endroit magnifique, là où on va cette fois. Le Jura. L'air frais. Le bon fromage. On ne connaît pas. Je pense qu'ils vont avoir besoin de moi pour un bon bout de temps, c'est un remplacement de longue durée.

— C'est quoi pour toi une longue durée ? Deux mois ? Je veux finir mon année de troisième dans le même collège. Ce n'est pas compliqué, quand même.

Il s'est levé. Le sujet était clos.

Comme d'habitude, il prenait ses décisions sans m'en parler. Il se fichait bien de moi, mon père.

Je ne l'ai pas regardé. J'ai replacé le casque sur ma tête j'ai appuyé sur la touche *play* de mon Walkman. Je me suis plongé dans la musique. Il n'y avait rien d'autre à faire.

## – 3 –

# Quand la musique est bonne

**1981, Jean-Jacques Goldman**

*J'ai trop saigné sur les Gibson...*

C'est ma grand-mère qui m'a confié le Walkman, le casque et les cassettes.

Des véritables pièces de musée, sorties directement des années quatre-vingt. Elle gardait tout dans un carton, rangé à l'intérieur de son immense armoire fourre-tout.

Son appartement, je le connais depuis toujours.

Je vais chez ma grand-mère pendant les vacances scolaires, quand mon père peut m'y conduire, si son travail n'est pas trop éloigné de Caen.

« C'est quand qu'on va à Caen ? », je répétais, avant, quand j'étais plus petit, parce que je croyais que j'étais le premier à avoir inventé le jeu de mots.

N'empêche que l'appartement de ma grand-mère, à Caen, c'est l'endroit que je préfère au monde, même si ce n'est pas très grand et que je dors dans le salon. Le canapé-lit se coince si on le déplie trop vite. Le matelas a pris la forme de mon corps et les ressorts grincent de partout quand je me retourne la nuit. Je me réveille et j'entends les ronflements de mamie qui me parviennent, comme une mélodie rassurante. Depuis toujours, pour me rendormir, je compte les secondes entre ses respirations sonores, comme on le fait avec le tonnerre et les éclairs, sans jamais vraiment savoir où la foudre va frapper.

Elle a plus de quatre-vingts ans, ma grand-mère, et elle vit toute seule. Tous les jours, elle sort se promener pour entretenir sa santé. Elle calcule le nombre de pas qu'elle parcourt en une semaine grâce à un podomètre que je lui ai offert à Noël. Elle est fière quand elle franchit le cap des deux kilomètres, et je la taquine en lui demandant si elle se prépare pour le marathon de Paris. « Si le marathon des vieux de Paris existait, elle me répond, je leur mettrais à tous une longueur d'avance dans le nez sans qu'ils le réalisent. »

Elle a aussi du caractère. Ça lui arrive de râler. Après le postier qui ne dépose pas les colis dans la boîte aux lettres, l'infirmière qui oublie de se laver les mains, sa voisine qui devient sourde et écoute la télévision en montant le volume au maximum. Elle râle et elle dit que ça la maintient en forme. Râler, c'est comme une canne qui l'aide à avancer.

Il y a environ un an, nous étions tous les deux dans sa chambre et elle a sorti un carton. Elle avait un regard plein de malice, ses mains tremblaient un peu, et j'ai regardé les taches qui recouvraient sa peau comme autant de traces qui contredisaient la vivacité de ses yeux.

Nous étions assis sur son lit. Elle a lissé la couverture du plat de sa main.

— Tu ne parles jamais de ta mère, elle m'a dit. Tu ne l'évoques jamais, tu ne me poses pas de questions.

J'ai haussé les épaules.

— Tu n'en as pas envie ?

J'ai poussé un soupir. J'avais autre chose à faire qu'à entendre le roman de ma mère racontée par mamie.

— C'est un peu de ma faute, tout ça. Avec ce qui t'est arrivé... On a voulu te protéger. Ton père et moi, on n'a pas forcément la même façon d'envisager les choses. Tu as dû t'en rendre compte. Lui, il se tait. Il garde tout pour lui. Il a voulu que je l'imite. Aujourd'hui, je pense qu'il est temps que tu fasses connaissance avec elle. Ta mère. Ma fille. Tu deviens un jeune homme. Un beau et grand jeune homme...

J'ai haussé les épaules de nouveau. Les compliments que ma grand-mère m'adresse sont aussi réalistes que son ambition de participer à des marathons.

— Tu es suffisamment mature pour comprendre...

J'ai regardé la photo de ma mère posée sur la commode. Elle devait avoir dix ans dessus. Une photo d'école, avec un fond bleu et des étoiles dessinées dessus par des enfants, un décor d'école primaire. Elle a un pull rayé et une coupe au bol. C'est ma grand-mère qui lui coupait les cheveux. Elle sourit et ses deux dents de devant sont très grandes. Elles occupent toute la place dans sa bouche. Je crois que je lui ressemble. Clémence, elle s'appelle.

J'avais quatre ans quand elle a pété les plombs. J'ai un souvenir d'elle. Un seul.

Ce n'est pas comme si j'étais triste tous les jours. Ce n'est pas comme si elle me manquait. Son absence est une habitude et je vis très bien sans elle.

Mamie se trompe, mon père ne garde pas toujours le silence. Il me raconte des histoires. C'est rare, mais quand il commence à parler, il déroule les anecdotes.

Comment elle a été heureuse de me voir marcher pour la première fois. Comment elle m'a porté toute une journée sur son dos lors d'une randonnée en montagne sans vouloir me lâcher. Comment elle me faisait rire en soufflant dans mon nombril.

Il revient sur des petits détails : j'ai sa fossette à la joue droite. J'aime les avocats, je m'endors très tard et je ne me réveille pas avant midi, si on ne fait pas de bruit autour de moi. Comme elle.

*C'est une folle, Clémence. Je n'ai pas trop envie de la connaître.*

Ma grand-mère a poursuivi en désignant le carton :

— Je te présente ta mère !

— Laisse tomber, mamie. Je t'assure que je vais bien et que je n'ai pas besoin de tout savoir sur elle, son enfance, son adolescence, si elle aimait les frites ou si elle tenait un journal intime. Pitié, ne me donne pas son journal intime ! Je ne le lirai pas, j'en ai rien à faire !

Elle a sorti du carton trois paquets de tailles différentes emballés dans du film à bulles, pour les protéger. Elle les a manipulés avec précaution.

— À ton âge, Clémence passait son temps à écouter de la musique. On avait droit à toutes les chansons que les stations de radio diffusaient. Elle montait le son si fort que ton grand-père a fini par lui acheter ce baladeur. À l'époque, c'était ce qui se faisait de mieux sur le marché. On a dépensé une petite fortune pour que le silence revienne dans notre foyer. Moi, j'ai toujours pensé que c'était un appareil barbare qui la coupait du monde.

Elle s'est interrompue. Ses mains tremblaient encore plus. Elle a raclé sa gorge, prise d'une émotion trop forte.

— C'est ton héritage à présent. J'ai retrouvé aussi quelques-unes des cassettes qu'elle enregistrait elle-même. Les chansons de ces années. Le hit-parade, le top cinquante. Ce que les jeunes adoraient. Je t'ai raconté qu'elle voulait être discjockey, avant d'être infirmière ? Elle faisait des mixages et animait les soirées de ses amis.

J'ai contemplé le Walkman, le casque et les dix cassettes que mamie avait étalés sur le lit. Elle attendait que je les prenne, que je m'extasie sur leur état de conservation, que je m'émeuve des traces que me laissaient ma mère de son passage sur terre. Des preuves qu'elle avait été quelqu'un de normal.

Je n'ai rien ressenti.

Mon cœur était sec. C'était ainsi.

J'ai remercié mamie, une bise sur sa joue et je suis sorti de sa chambre en laissant derrière moi les soi-disant révélations sur ma mère.

Le soir, je me suis calé dans le canapé déplié, avec mon téléphone, pour jouer à mes jeux. Ma grand-mère est venue me souhaiter une bonne nuit, comme à chaque fois, une petite caresse sur la joue, un clin d'œil. Elle n'a pas commenté le fait que je n'avais pas touché au Walkman, que je n'avais pas regardé de près les cassettes. Elle a tout déballé sur la table basse, comme si elle déposait une offrande au pied d'un autel. J'ai cru qu'elle allait me parler encore, mais elle s'est tue et m'a laissé seul. J'ai entendu l'eau du robinet couler dans la salle de bains, la porte de sa chambre grincer. C'est une couche-tôt, ma grand-mère, une vraie poule.

J'ai jeté un coup d'œil rapide aux cassettes. Juste par curiosité.

Les boîtiers étaient décorés. Des dessins à l'encre noire, des visages, des symboles qui devaient avoir du sens dans les années quatre-vingt et qui ne m'évoquaient rien. La liste des morceaux sur le côté. Chacun de ces boîtiers était différent. Elle avait dû s'appliquer, ma mère, en passer des heures à peaufiner les détails, parce que c'était plutôt pas mal fait et original.

J'ai attendu que ma grand-mère se mette à ronfler pour placer le casque sur mes oreilles. J'ai eu peur de l'abîmer en écartant trop les branches. Les mousses orange n'étaient pas très douces. J'ai ouvert le premier boîtier en plastique pour en extraire la cassette et je l'ai insérée dans l'appareil. J'ai appuyé sur *Play*. Il ne s'est rien passé. J'ai pensé que c'était normal, qu'avec le temps la musique avait dû s'effacer ou que le Walkman ne marchait plus. Après tout, ça faisait longtemps qu'on ne les avait pas utilisés. Pas de regrets à avoir.

Mais je suis allé chercher des piles dans le tiroir de la cuisine, quand même, pour être sûr. Heureusement que mamie en a une réserve. Elle en possède de toutes les formes, je ne sais même pas pourquoi. Les piles, il n'y a que les vieux pour trouver ça utile.

J'ai remplacé les anciennes par des neuves en prenant toutes les précautions possibles pour ne pas trop secouer l'appareil. J'ai soufflé un peu sur la tête de lecture, juste avant de replacer la cassette dans le boîtier.

Et j'ai entendu ma mère.

— Un, deux, trois.

Rien d'autre. Une voix jeune, presque comme la mienne, qui me chuchote « Un, deux, trois ». J'en ai eu la chair de poule. À cause de la surprise, parce que je n'avais jamais entendu cette voix si claire. Et qu'elle m'a semblé si proche, à cet instant. Comme si elle s'était penchée sur moi. Comme si elle me confiait quelque chose.

*Un, deux, trois.* Ce n'est pas une déclaration d'amour. Ce n'est même pas une phrase complète. J'ai appuyé sur *Stop*. J'ai bien examiné la cassette. Sur le côté, il était écrit *1985*. Si je calculais bien, elle avait à peu près mon âge à cette époque. Treize, quatorze ans environ. D'accord.

La voix de ma mère, qui n'était pas encore ma mère, qui était normale, pas encore complètement tarée, traverse le temps pour venir me percuter un dimanche soir.

J'ai attendu un peu. Dans sa chambre, ma grand-mère dormait et elle n'allait pas tarder à ronfler. J'entendais aussi les voitures dehors, qui circulaient sur le boulevard, et le bruit de la chasse d'eau de la voisine, ses pas résonner au plafond, une porte claquer, le moteur du Frigidaire dans la cuisine. Tous les petits bruits de la nuit.

Le Walkman était jaune. Un Sony. Autoreverse. Lourd dans ma main. Un appareil compact et solide. J'ai laissé la musique déferler sur moi. Celle que Clémence écoutait. Celle qu'elle avait sélectionnée, qu'elle avait aimée, qu'elle avait sans doute écoutée en boucle, comme une ado.

Une plongée dans les années quatre-vingt.

# - 4 -

## Fade to grey

### 1981, Visage

*Two eyes staring cold and silent...*

Quand j'ai eu quatre ans, le jour de mon anniversaire, ma mère m'a noyé. C'est ce qu'elle a essayé de faire. Me couler. Dans la baignoire de notre salle de bains. En me maintenant la tête sous l'eau. Ses mains plaquées sur moi. De toutes ses forces.

C'était sa maladie. Je sais que c'était sa maladie. Uniquement sa maladie. Qu'elle ne pouvait pas y échapper. Que c'était plus fort qu'elle. Elle avait perdu le contact avec le vrai monde.

J'ai beau le savoir, je ne peux pas m'empêcher de penser qu'elle a voulu me voir mort. Qu'elle a appuyé fort pour que je cesse de respirer.

Ma grand-mère m'a expliqué que ma mère avait lutté silencieusement contre les démons qui lui avaient rongé la raison. C'était une guerrière, ma mère, une battante. Elle a perdu le combat. La folie a été plus forte qu'elle. Et personne ne s'est douté de rien. Même pas mon père.

Mon père ne me parlait jamais de ce jour. Il évitait soigneusement le sujet. Je me demande parfois comment il avait fait pour être aussi aveugle. Il ne devait pas faire attention à elle. Il ne l'aimait peut-être pas autant qu'il le disait. C'était un amour en carton. Un amour qui n'avait rien pu sauver. Un amour raté. Qui ne méritait même pas qu'on en parle.

C'est ma grand-mère qui a reconstitué le déroulement de cette journée, pour que je puisse comprendre.

Pour mes quatre ans, ma mère a pris une journée de congé. Elle travaillait depuis peu dans un nouveau cabinet d'infirmiers. Ce n'était pas facile pour elle, un de ses collègues n'était pas agréable. Elle racontait qu'il la harcelait, qu'il la regardait de travers. Qu'on lui en voulait, que certaines personnes étaient malveillantes. Elle avait des migraines. Le travail lui pesait. Elle n'avait plus la distance nécessaire pour soigner les patients. Tout l'énervait. Ma grand-mère mettait cela sur le compte du stress, de la fatigue. Elle ne s'inquiétait pas. Elles se téléphonaient une ou deux fois par semaine. Des échanges assez brefs.

Ce n'était sans doute pas suffisant pour se rendre compte de la situation.

Le jour de mes quatre ans, ma mère vient me chercher à la maternelle, vers midi. La maîtresse me laisse partir. Sans trop se poser de questions. Sans trop s'inquiéter. Pourtant ma mère est en pyjama. Elle n'est ni coiffée ni maquillée, débraillée, les pantoufles aux pieds.

J'ai dû être heureux de la voir arriver. J'ai dû la suivre avec plaisir. Je ne me souviens pas. J'ai quatre ans. C'est sans doute une chouette surprise de voir sa mère débarquer à l'improviste.

Arrivés à l'appartement, elle nous prépare un repas. Je mange. Mon père a trouvé sur la table nos deux assiettes pas encore débarrassées. Puis elle m'emmène dans la salle de bains. Elle laisse couler l'eau. Elle vérifie la température. Elle me déshabille. Peut-être qu'elle me chante une chanson. Elle a une jolie voix. Elle me soulève et me prend dans ses bras. Je dois y être bien. On est toujours bien dans les bras de sa mère, non? Elle me dépose dans la baignoire. L'eau m'arrive au-dessus du ventre, sous les aisselles. Elle est un peu trop haute. Je lève la tête.

Là, je me souviens. C'est fou. J'ai cette unique image en tête. Comme une photographie. Quelque chose de figé. Les deux yeux de ma mère. Des yeux verts. Immenses. Et ses longs cils. Noirs. Recourbés. Et ses larmes. Je crois que des larmes coulent. Je n'en suis pas sûr. Dans mon souvenir, je l'entends rire. C'est sans doute faux. Sa bouche se tord. Ses yeux s'éloignent, je les perds. Et le monde bascule. Je suis dans l'eau, et je ne vois plus rien.

Rien à quoi m'accrocher.

Ma mère pose ses mains sur ma poitrine et appuie fort. Parce qu'à ce moment, dans sa tête, je ne suis plus son fils. Je suis le diable. L'esprit du mal. Et à cause de moi la fin du monde va arriver. Pour sauver l'humanité, elle doit me faire disparaître. Ma mort est nécessaire.

Elle délire. Bien entendu. Elle est folle. Complètement barrée. Elle entend des voix qui lui ordonnent de m'assassiner.

Elle me noie. L'air me manque. L'eau pénètre dans mon corps, envahit mes poumons, je ne bouge pas. Je ne me débats plus.

À ce moment, mon père ouvre la porte de la salle de bains. Il n'avait pas prévu de rentrer si tôt. Ou alors il se doute de quelque chose. Quand même, il ne pouvait pas être aveugle à ce point. C'est peut-être tout simplement le hasard, la chance. Il voit sa femme occupée à tuer son fils. Je crois qu'il l'a poussée tellement fort qu'elle a heurté le mur avec sa tête. Ce qui ne l'a pas aidée à remettre ses idées en place.

Il a su me réanimer avant l'arrivée du SAMU.

La chance d'avoir un père médecin.

Ma mère était enfermée à Caen, dans une unité spéciale parce qu'elle était bien atteinte. Ma grand-mère lui rendait visite une fois par mois. Elle lui apportait des vêtements, des gâteaux, de la lecture. Elle tentait de la ramener à la réalité, mais je crois que la distance à parcourir pour qu'elle revienne était trop grande.

Mon père refusait d'y aller.

Il me déposait devant l'appartement de mamie, et il repartait aussi vite, sans un regard en arrière, pressé de quitter la ville. Sans même dire bonjour. Comme s'il était malpoli. Faudrait pas qu'il s'étonne si je deviens un délinquant, un de ces jours. Faudrait pas qu'il me fasse des reproches. Faudrait pas qu'il me dise que je dois être respectueux envers les autres, envers les adultes, envers mes parents.

J'ai accompagné ma grand-mère plusieurs fois, quand j'étais plus petit. Ma mère avait pris énormément de poids à cause des médicaments. Son visage bouffi n'exprimait rien. Son corps était énorme.

C'était le grand vide dans ses yeux. Des yeux froids.

Au début, elle ne répondait même pas aux questions qu'on lui posait. Elle grognait. Les mots lui sont revenus lentement. Sa voix était éraillée, affreuse.

La dernière fois que je l'ai vue, c'était pour mes douze ans.

Je devrais me méfier de mes anniversaires.

Ce jour-là, il y avait une animation dans la salle polyvalente de l'hôpital. Trois musiciens jouaient des airs de vieux. Des tangos, des valses, des rocks. Les malades étaient éparpillés un peu partout, certains dansaient, d'autres restaient assis sur leurs chaises, incapables de bouger, assommés par les médicaments.

J'ai cherché ma mère. Elle était dans un coin, près d'un homme chauve qui riait, la bouche grande ouverte, la tête renversée en arrière. Un vrai fou. La main de ma mère était posée sur la cuisse de cet homme. Très haut. Elle s'est tournée vers moi. Nos regards se sont croisés. Et là, j'y ai cru.

Mon cœur s'est emballé.

Elle ressemblait à quelqu'un de normal. Ses yeux brillaient. Elle semblait heureuse. Peut-être m'avait-elle reconnu ?

C'est ça, le malheur. C'est d'y croire encore même quand on sait que c'est foutu.

Elle s'est redressée et elle a entouré l'homme chauve de ses deux bras, et elle a penché sa tête vers lui pour l'embrasser. Un long baiser. Ses lèvres pressées contre celles de l'homme. Ils se sont serrés l'un contre l'autre. La bouche de ma mère s'ouvrait, aspirait celle de l'homme, avec force, une bouche d'ogresse avide. Une infirmière est intervenue pour les séparer. Elle les a grondés comme s'ils étaient des enfants. Ma mère ne m'a plus regardé. Elle est restée collée à l'autre, qui bavait et qui riait, la main toujours posée près de son sexe. Et quand l'infirmière a menacé de les séparer, elle s'est levée et elle s'est mise à danser. À tournoyer, toute seule. Énorme. Et sa tunique ample a dévoilé la naissance de ses seins. Ses cuisses épaisses. La chair flasque de ses bras. La maladresse de ses pas.

J'ai eu envie de m'enfuir.

Après, j'ai décidé de ne plus y aller. Je n'avais plus de mère. C'était une décision à prendre.

# - 5 -

# Travailler c'est trop dur

**1986, Julien Clerc**

*Et voler, c'est pas beau...*

Au tout début des vacances de la Toussaint, nous avions donc déménagé. J'avais préparé mes cartons sans m'appliquer, en entassant mes affaires de classe, en balançant dans les valises mes fringues à l'aveuglette, et j'avais laissé mon père s'occuper du reste. Qu'il se débrouille.

Six heures de route. Je n'avais pas ouvert la bouche une seule fois, histoire de bien enfoncer le clou, de faire passer le message. Pas touché aux sandwichs achetés dans une station-service. Pas bu le Coca qu'il m'offrait délicatement, un geste de paix, lui qui détestait tous les sodas.

Nous étions arrivés au centre hospitalier vers minuit, après avoir traversé une forêt tellement touffue qu'elle semblait avoir envahi la nuit, rivalisant de noirceur et de densité avec le ciel éteint. Même les étoiles avaient été absorbées, dissoutes dans le magma sombre de cette obscurité immense. J'avais distingué les formes des trois grands bâtiments qui composaient l'hôpital à la pâle lumière des réverbères du parc, vagues taches de clarté dans les ténèbres. Disposés en U. Quatre étages chacun. Les stores de quelques fenêtres n'étaient pas fermés, et projetaient les lueurs mouvantes des postes de télévision.

Mon nouveau royaume.

Une forteresse posée sur un mont, entourée d'arbres remparts, peuplée par des malades et des handicapés que mon père allait soigner, par la force des pouvoirs qui lui étaient conférés.

Et je ne trouvais rien à faire, dans ce royaume.

Rien du tout.

Pas de copains, pas de devoirs, pas de télé, pas d'ordi, pas de cinéma, pas de but, pas d'ambition, pas d'objectif, pas de programme, pas d'ordre à accomplir ni de mission à remplir. Glander, dormir, me reposer, me vautrer dans mon lit.

Mon père avait commencé son travail depuis cinq jours. Il partait tôt le matin en me laissant mon ticket pour le self, à midi et un Post-it avec un petit mot écrit dessus, du genre : *Ne fais pas de bêtises, mange bien, ne grignote pas !* ou *Pense à sortir t'aérer* ou *N'écoute pas la musique toute la journée !*

Il me prenait pour qui ?

La première chose que je faisais en me levant, tard, vers onze heures, c'était d'écouter les cassettes de ma mère. À chaque fois que j'entendais sa voix, *un, deux, trois*, j'éprouvais un drôle de sentiment. Une sorte d'étonnement sans cesse renouvelé. Sur une des cassettes, celle de 1986, sa voix est plus rauque. En 1988, elle rit à la fin de son décompte. En 1989, elle se racle la gorge.

Je me passais les chansons en boucle et, à force, je connaissais l'ordre par cœur.

Placer le casque sur mes oreilles était presque devenu un réflexe.

Puis je traînais dans l'appartement, qui était plutôt correct pour un appartement de fonction, assez grand et bien insonorisé. Un salon presque vide, au carrelage blanc et froid. Impossible de marcher pieds nus. Un canapé jaune citron, une table basse et un meuble télé vide. C'était trop demander, d'avoir la télé. Fallait pas rêver!

La cuisine ressemblait à celles que l'on voit dans les catalogues, parfaitement grise, propre et sans âme. Dans les placards, quelques ustensiles, la base pour pouvoir se débrouiller. Le soir, mon père se contentait de réchauffer des plats au micro-ondes ou remplissait une casserole d'eau pour les pâtes, ce à quoi se résumait sans doute son savoir-faire en matière culinaire.

Ma chambre donnait sur le parc qui faisait le tour du centre. J'avais aussi une vue sur la forêt traversée par la route, une ligne droite séparant en deux la masse épaisse des arbres, tranchant dans le vif sur une centaine de mètres, vite happée par l'horizon morne des sapins.

Le jardin de l'hôpital était plutôt bien entretenu, avec des bosquets, des allées de gravier, quelques fleurs dont j'ignorais le nom et qui tentaient de survivre à l'automne. Au fond, près d'une haie, se trouvait une petite cabane en bois recouverte de mousse, avec une seule fenêtre en forme de cœur, aux volets rouges fermés. Une maison de conte de fées, celle de Blanche-Neige et les sept nains...

Les patients du centre se promenaient dans le parc, souvent l'après-midi. Certains paraissaient normaux, vus de mon troisième étage. Engoncés dans des manteaux, on ne distinguait pas leurs visages et s'il leur manquait des bras ou des jambes, je ne le remarquais pas. D'autres moins vaillants, sur des fauteuils roulants, poussés sans doute par des membres de leur famille en visite, tournaient en rond, tentaient de capter les rares rayons de soleil que le ciel de novembre voulait bien laisser passer.

J'ai revu plusieurs fois la dame sans doigts. Ses cheveux coupés court ainsi que sa démarche énergique lui donnaient une allure de jeune homme. Elle marchait la tête baissée, sans regarder autour d'elle, à grandes enjambées, comme si elle avait une mission à accomplir et que rien ne devait entraver son chemin. Ses mains étaient enfoncées dans les poches de sa parka. Trois tours du jardin et elle repartait aussi rapidement.

Une solitaire sans doute, qui n'aimait pas parler avec les autres patients. Je pouvais la comprendre.

Vers midi, je descendais au self récupérer mon plateau-repas, que je filais manger dans ma chambre. Poireaux vinaigrette ou céleri rémoulade. Des entrées que personne ne songe à préparer dans la vraie vie. Des purées, de la viande non identifiée baignant dans un jus tout aussi étrange, une part de camembert, une compote, une barre de céréales. Un vrai repas équilibré d'hôpital, de quoi m'assurer une croissance régulière et un tonus musculaire idéal. Impossible de grignoter quoi que ce soit, nous n'avions pas fait les courses et la ville la plus proche se trouvait à plus de cinq kilomètres. J'étais condamné à lécher le fond du pot pour avoir ma ration de sucre.

Mon père oubliait régulièrement qu'un garçon de mon âge mange à peu près toutes les deux heures.

L'après-midi, mon programme c'était : rien.

Rien encore et toujours.

Écouter ma musique. Regarder le jardin. Recharger mon téléphone mais le réseau était tellement pourri que je ne pouvais pas faire grand-chose avec. Compter les taches au plafond de ma chambre. Me coucher dans mon lit. Changer de position. Rechanger de position. Prendre un bouquin. Lire la première page. Fermer les yeux. Écouter ma mère compter *un, deux, trois.* Ouvrir les yeux. Regarder les nuages dehors passer lentement, lourds et chargés de pluie. Fermer les yeux. Les ouvrir encore, voir mon père en face de moi hurler :

— Mais Rémi, tu as gardé le même tee-shirt depuis presque une semaine, tu ne t'es pas lavé, tu sens mauvais ! Pourquoi le plateau repas traîne par terre alors qu'il fallait le ramener au self ? Ce n'est pas possible, tu fais quoi, de tes journées ?

Couper le son, ôter mon casque et sourire avec condescendance, parler en détachant les mots pour qu'il me comprenne bien :

— Plein de trucs, papa. Trop de trucs ! Pas le temps !

# - 6 -

# The magnificent seven

## 1980, The Clash

*Move y'self to go again...*

Un après-midi, au début de la seconde semaine, j'ai les ai vus entrer dans la cabane du fond du jardin. Ils étaient sept.

Pas les nains de Blanche-Neige ! Non, des jeunes.

J'ai eu le temps de les compter parce qu'ils ont déboulé dans l'allée principale du jardin au moment où je dessinais avec la buée, sur la vitre de ma fenêtre. Des cœurs, des lapins, des têtes de mort...

Ils marchaient lentement en faisant de grands gestes et s'arrêtaient parfois pour prolonger leur échange ou appuyer une affirmation. Une bande d'amis, c'était évident. Un des gamins était dans un fauteuil roulant et il s'amusait à faire cabrer son engin, comme si c'était un vélo. Les autres l'applaudissaient. Leurs éclats de rire montaient jusqu'à moi.

Deux petits, trois moyens, deux grands, à vue de nez. Ce n'était pas facile d'évaluer leurs âges parce qu'ils étaient de dos, emmitouflés dans des anoraks et des manteaux, avec des bonnets et des écharpes.

Un des enfants a donné la main à une fille que j'ai reconnue tout de suite, grâce à sa casquette bleu vif. Celle au visage détruit, celle que j'avais croisée le jour de mon arrivée au centre. Je l'ai vue se pencher. Son profil raboté était abominable. J'ai reculé parce que même si je voulais me contrôler, ce n'était pas possible de lutter contre le dégoût qui me saisissait de nouveau.

Mais ma curiosité a été plus forte que ma répulsion. J'ai encore jeté un coup d'œil dans le jardin. Ils s'étaient immobilisés devant la cabane et un des grands a sorti une clef. Ils sont entrés et ont refermé la porte.

Et, là, je me suis senti frustré. Complètement frustré. Une frustration intégrale.

Comme si le monde tournait sans moi, comme si on m'avait éjecté de cet univers, que je me retrouvais à flotter dans l'espace en combinaison spatiale, seul, isolé, microscopique, largué loin de tout. Et avec ma réserve en oxygène qui allait bientôt s'épuiser.

Je me suis roulé en boule dans mon lit. Ma position était pourrie, ma chambre était pourrie et même la chanson que j'écoutais m'a semblé nulle.

Il était temps de sortir.

J'ai retrouvé dans un des cartons pas encore déballés ma doudoune de l'année dernière, qui était devenue bien trop petite. Sûr qu'avec, je n'avais pas une dégaine fabuleuse mais quoi, qui pouvait critiquer mon look, ici ?

Et je me suis dirigé vers le jardin.

Je n'avais pas prévu d'aller frapper à la porte de la cabane. Je ne suis pas du genre à m'incruster, et puis à quoi ça m'aurait servi de les connaître ? Non, c'était clair dans ma tête : pour une fois, suivre le conseil de mon père, faire un tour dehors, respirer le bon air. M'aérer.

Et si jamais je les croisais, ce ne serait que le hasard. J'allais devoir assurer avec la fille. Masquer mes réactions. Mais je suis un mauvais comédien, je ne sais pas mentir. En m'engageant dans l'allée centrale, j'ai aperçu la femme sans doigts, installée sur son banc. Elle m'a vu elle aussi, et a levé le bras droit pour me saluer, comme si elle avait oublié qu'au bout il n'y avait rien à agiter.

Son geste m'a fait de la peine. Je lui ai répondu par un signe de la tête en lâchant un pathétique « Bonjour, madame ». Elle a souri. Sans doute avait-elle perçu ma gêne. Elle devait y être habituée.

J'ai tourné un peu en rond, je suis allé voir la mare avec les deux canards qui s'y prélassaient. Ils m'ont ignoré, une indifférence calculée, puis je me suis approché de la cabane. Les volets étaient ouverts, et l'intérieur, éclairé. Des rires en sortaient, par vagues chaleureuses. Je n'ai pas pu résister. Je me suis avancé le plus discrètement possible et j'ai jeté un coup d'œil par la petite fenêtre.

Ils étaient réunis, un club de défigurés. Si on avait voulu réaliser un film d'horreur sans avoir besoin d'effets spéciaux, il aurait suffi de venir faire un casting dans cette pièce.

Affalé sur un vieux sofa, un garçon un peu plus âgé que moi tenait dans ses mains un paquet de gâteaux. Il tentait de glisser une galette dans sa bouche. Mais le bas de son visage refusait de s'ouvrir. Parce que ce n'était pas vraiment un bas de visage. Plutôt une masse écrasée, comme une voiture qu'on a menée à la casse et qui ressort compressée, réduite, hérissée de plaques et de matériaux composites. Il a eu un geste incroyable, il s'est tourné vers une des petites, qui ne devait pas avoir plus de dix ans, et elle lui a ouvert la mâchoire en exerçant une pression avec ses deux mains.

Jamais je n'aurais osé le toucher. Pour elle, c'était simple et naturel.

Chez la gamine pratiquement tout était à sa place, les yeux, la bouche, les oreilles, les joues rougies par la chaleur qui devait régner dans la cabane. Il lui manquait juste le nez. Un espace vacant. Comme s'il avait été effacé. À la place, elle avait un trou. Avec un peu de chair racornie autour et ce qui ressemblait à des fils entortillés. Un bout de métal faisait office de séparation pour les narines.

Une figure de cauchemar.

À côté d'eux était installé sur son fauteuil roulant un garçon. Dix ans aussi environ. Il avait posé ses pieds sur les genoux du grand. Il tenait entre ses mains une bande dessinée et je n'ai pas tout de suite vu son visage. Quand il a soulevé son bouquin, j'ai constaté qu'à la différence de la petite, un nez immense s'étalait sur sa figure. Un nez atroce, un amas de chair difforme, un étalage amalgamé de chairs luisantes et compactées. Des narines inégales, asymétriques. Pas de lèvre supérieure. Une lèvre inférieure trop épaisse, qui pendait, morceau flasque et humide, et sa langue était posée dessus, un peu de travers, rouge, trop grande, parsemée de petites cloques. Une langue de chien greffée sur une gueule déchirée.

J'ai détourné le regard.

Dans un coin de la pièce, trois des jeunes étaient installés autour d'une table en bois pour jouer aux cartes. Ils devaient avoir entre onze et douze ans. Et là aussi, j'ai réalisé que c'était le festival des figures mal fichues.

La première appartenait à une fille qui avait une moitié de visage absolument intacte. Une belle peau, des traits réguliers. Comme elle était de profil, je n'ai pas tout de suite remarqué sa particularité. Elle s'est tournée. L'autre moitié de sa figure était vermillon, complètement rongée à partir des joues. Des tourbillons mal cicatrisés pareils à des écailles irrégulières s'étalaient sur cette partie de son corps, le long de son cou, se perdaient sous son vêtement et réapparaissaient sur sa main droite. Elle riait fort en se levant toutes les deux secondes pour balancer ses cartes, le genre de gamine qui ne tient pas en place, qui a trop d'énergie pour demeurer assise longtemps.

En face d'elle, un garçon métis. Une belle coupe afro, de grands yeux qui m'ont paru clairs, un nez plutôt court, en trompette, et pas de bouche. Un vide. Il ne paraissait pas s'en rendre compte, parce qu'il riait aux éclats en ouvrant ce trou béant et ses dents immenses m'ont sauté à la figure. Un jaillissement de mâchoire, une explosion de canines, d'incisives mal plantées, de travers, trop pointues ou à peine sorties. Un instant, j'ai cru voir un monstre, celui qui vient nous happer dans nos rêves maudits, celui qui traque les âmes, les arrache à nos corps de sa gueule carnassière et hargneuse, et nous déchire et nous broie.

La troisième joueuse ne bougeait pas, concentrée sur les cartes qu'elle avait en main, sérieuse et appliquée, la bonne élève qui veut toujours gagner. Sa mâchoire inférieure trop avancée lui faisait un menton proéminent alors que son front était trop court, plat et couvert par une frange inutile qui ne masquait rien. Un visage sans pommettes, des petits yeux enfoncés, noirs, bordés de cils épais et recourbés. Une sorte d'enfant de Neandertal qui aurait survécu à la fin de la préhistoire. Une cicatrice toute fraîche partait de la base de son nez pour se perdre dans la chair de sa bouche fine, aux lèvres pratiquement inexistantes. Et son sourire à elle dévoilait une rangée de dents minuscules, blanches et scintillantes, alignées comme un collier de perles fines. Une dentition de princesse.

J'allais reculer quand la porte de la cabane s'est brutalement ouverte. Je suis resté immobile, incapable de proférer un mot. La fille la plus horrible, celle qui battait le record du monde de la laideur absolue, est sortie et a lancé :

— Eh, y a Machin, qui vient nous rendre visite, les gars ! T'es déjà accro ? Tu peux plus te passer de moi ?

Nous sommes restés l'un en face de l'autre, moi incapable de détacher les yeux de son visage dévasté, elle, moqueuse, un rictus affreux affiché comme une provocation supplémentaire. Une bourrasque a soulevé sa casquette.

— Dis-lui d'entrer, il fait froid dehors, a répondu une voix.

Ses cheveux bousculés par le vent ont masqué une partie de son visage. Elle a passé la main sur son front, pour dégager sa vue et m'observer encore.

— Je ne crois pas qu'il en ait envie, a-t-elle fini par lâcher.

— Tu lui fais peur, Sara, a clamé une autre voix, sans doute l'une des filles qui jouaient aux cartes.

— Elle fait peur à tout le monde, Sara !

La Sara en question n'a pas moufté.

La petite sans nez avait collé son visage à la fenêtre en forme de cœur. Elle aussi me fixait. Elle ne souriait pas, elle attendait de voir ma réaction. Ses yeux graves me contemplaient, emplis d'une sorte d'appréhension. J'ai réalisé tout ce que cela allait signifier si je refusais de pénétrer dans la cabane, alors j'ai dit :

— Non, c'est pas vrai, je veux bien entrer.

Je ne savais pas encore que j'allais rencontrer les plus belles personnes du monde, du siècle, de ma vie.

# - 7 -

## Should I stay or should I go

**1982, The Clash**

*Darling you gotta let me know...*

— Non, c'est pas vrai, je veux bien entrer !

Ma réponse avait jailli trop rapidement.

Je n'avais pas forcément envie de franchir le pas de la porte.

Je n'avais pas forcément envie de me retrouver cerné par tous ces monstres.

L'humanitaire, ce n'était pas ma vocation.

À l'intérieur, le silence s'était installé. Ils étaient tous à l'écoute de notre discussion. J'ai eu envie de tourner le dos, de laisser les horreurs entre elles, de retrouver mon lit, mon canapé jaune, ma vue d'en haut sur le parc et la forêt. La bonne distance pour observer le monde. Tout cela me suffisait.

— Laisse tomber, Sara, a lancé un des garçons.

J'ai pensé que c'était sans doute le plus grand, celui qui était sur le canapé. Il avait une voix grave, un peu pâteuse, comme si les syllabes étaient compressées entre elles. Son ton était amusé, un peu désabusé.

La fille sans nez s'était écartée de la fenêtre.

La fameuse Sara avait croisé ses bras d'un air de défi. Son visage était toujours aussi insupportable à regarder, mais je n'ai pas baissé les yeux. Elle a reproduit son étrange sourire qui modifiait ses traits et la rendait encore plus affreuse.

— Machin, tu crois que parce que tu me colles, tu vas pouvoir entrer chez nous comme ça. Genre, le mec, il se pointe et bonjour tout le monde, il voudrait s'incruster dans notre petit paradis.

J'ai eu envie de lui répondre que, d'abord, je ne la collais pas. Que j'avais toutes les raisons au monde pour l'éviter. Que j'en avais rien à faire de leur cabane en bois au fond du parc de l'hôpital, qui ressemblait plutôt à l'entrée de l'enfer vu la tête de ses locataires.

— Machin, je vais te dire un truc super important que tu vas imprimer vite fait : nous, les chelous, on n'en veut pas.

— Pardon ?

(Oui, je sais, je suis très poli et mon père m'a appris à dire « pardon » quand je ne comprends pas quelque chose. Pas « hein ». C'est moche, « hein », alors que « pardon » sonne bien.)

Ce n'était sans doute pas la bonne réponse, parce qu'elle a éclaté de rire. Un beau rire. Clair, musical.

— Depuis une semaine, tu te pointes au self. Tu crois qu'on t'a pas remarqué, avec ta dégaine de mec crado qui ne se change jamais ! Et tu disparais sans parler à personne, à peine tu dis bonjour aux gens. On dirait le fantôme de l'hôpital, t'es pâle comme un mort. T'as vu ta tête ?

— Pardon ?

(Oui, je sais, j'ai répété « pardon » mais j'étais à court d'autres mots et c'était le seul qui me venait à l'esprit.)

— Sara, arrête un peu avec lui. Tu vas pas t'acharner. S'il veut entrer, ce n'est pas un problème !

C'était toujours le même garçon qui parlait.

— Tu es trop gentil, Adonis. Tu as trop bon cœur. Je te jure, à recueillir tous les misérables, tu vas finir comme l'abbé Pierre, avec une barbichette et un béret de travers qui te donnera un air complètement crétin.

— Eh, Sara, c'est qui, l'abbé Pierre ?

Une voix de petite fille.

Sara s'est à moitié retournée et a lancé :

— C'est un curé gentil de l'autre siècle qui voulait sauver le monde, sauf que le monde, il est pas sauvable, Clotilde.

— Fais pas ta blasée et laisse le nouveau entrer, qu'on ferme cette porte, on se les caille grave, Sara !!!

Elle m'a fait face de nouveau.

— Et tu crois que tu es normal ?

(Oui, je sais, je n'ai pas répété « pardon » mais j'étais préparé. Je l'ai retenu.)

— Tu te trimballes en permanence avec ce Walkman et ce casque sur les oreilles. Tu ressembles à rien avec. Je suis sûre que même quand tu vas aux toilettes, tu dois garder les écouteurs sur tes oreilles. Un truc de malade ! Ou alors c'est pour te donner un genre ? Pour que les filles te matent. Mais mon pauvre, c'est tellement chelou que tu dois faire fuir tout le monde. Tu fais peur, sérieux. On dirait un psychopathe, un sérial killer. Le gars qui n'a pas d'amis. Le gars qui est tout seul et qui observe les gens derrière sa fenêtre. Tu fais peur tellement t'as l'air bizarre. Je sais même pas pourquoi je te cause, Machin, retourne chez toi.

— Tu abuses, il t'a rien fait.

Une voix de petit garçon, un peu sourde, avec un léger accent du Sud.

Elle ne s'est pas retournée, cette fois.

— J'abuse, Machin ? Tu crois qu'il a raison notre Max ? Il est aussi gentil qu'Adonis. Le plus vieux et le plus jeune de notre bande. Ils font la paire, les deux. Je ne sais pas lequel est le plus mignon. Ce sont des bonnes poires, tous, là-dedans. Si je te laisse entrer, tu seras comme le loup dans la bergerie. Tu vas tous les décimer, avec ton regard sans pitié et ton air d'être mieux que nous.

Remonter dans mon appartement. Être seul avec la musique de ma mère. L'écouter en boucle, ne faire que cela, toute ma vie.

C'est vrai que je ne quittais pas mon Walkman quand j'allais aux toilettes. C'est vrai que je n'avais pas d'amis, que je n'en avais jamais eu, que je n'en aurais peut-être jamais. Tout ce qu'elle disait était la vérité. J'étais aussi fou que ma mère. Voilà. Je l'avais toujours su. J'étais un taré. J'étais bon à être enfermé.

— Non, j'ai dit, tu as raison. Je ne le suis pas...

Elle a levé ce qui lui servait de menton.

— Tu n'es pas quoi, Machin ?

— Normal. Je ne suis pas normal... Et je m'appelle Rémi, pas Machin.

## - 8 -

# Je ne suis pas un héros

## 1980, Daniel Balavoine

*Mes faux pas me collent à la peau...*

Je suis entré et je n'ai pas tenu longtemps.

Ce n'est pas très glorieux. Si je m'en sors, si je ne finis pas ma vie dans un asile, à danser sur des morceaux de vieux rock complètement shooté aux médocs, je raconterai ma vie à mes petits-enfants. Devant un feu de cheminée, sur un rocking-chair en bois, en fumant une pipe en bois. Et ce ne sera pas forcément un des épisodes de mon existence que je mettrai le plus en avant.

Je n'ai même pas prononcé une parole.

C'est Sara qui a fait les présentations.

— Les gars, je vous présente Machin. Il ne se lave pas, il ne parle pas et il nous trouve moches.

J'ai esquissé un geste pour nier mais je me suis retenu.

— Machin, je te présente Adonis. Adonis, c'est le plus gentil d'entre nous. Il a pas toujours été aussi laid. Il s'est fait exploser la face dans un accident de voiture. Du coup, il a plus envie de passer son permis et il dépendra toute sa vie d'Uber, ce qui n'a pas l'air de le déranger.

— Tu vas lui raconter nos vies, Sara ?

— Ben oui, pourquoi pas ?

Les trois joueurs ont continué leur partie comme si je n'existais pas. Ils se sont juste mis à chuchoter. J'ai détourné le regard. Sara l'a remarqué.

— Je te présente Clotilde, Pascal et Millie. On les appelle aussi Vingt-Six. C'est le nombre d'opérations qu'ils cumulent à eux trois.

Celle qui avait la moitié du visage intact s'est penchée vers l'autre fille et lui a glissé quelques mots à l'oreille. Elles ont pouffé, et leurs rires me concernaient, c'était une évidence.

La petite sans nez s'est caché le visage derrière ses mains. Elle s'est glissée sur le canapé, près d'Adonis, pour se blottir contre lui. Elle ressemblait à un petit chat qui trouve un refuge rassurant et peut se pelotonner tranquillement dès qu'un danger apparaît. Adonis m'a adressé un salut de la tête et s'est plongé dans son livre en entourant de son bras les épaules de la gamine. Il tentait de mâcher son gâteau, et je voyais les miettes tomber, s'éparpiller autour de lui. Sa salive coulait sur son reste de menton broyé. Des traînées baveuses, des traces visqueuses et dégoûtantes. J'ai songé qu'à sa place, j'aurais sans doute cessé de manger. Mais je devais être le seul à penser cela, car personne ne semblait y prêter attention.

— Zoé, tu vas pas me faire croire que Machin te fait peur ?

La petite a fait semblant de ne pas entendre. Elle s'est coincée davantage sous le bras qui la protégeait, calée entre les coussins moelleux.

— Machin, tu vois, tu effraies les enfants ! Pourtant, toi, tu as ton nez !

Le garçon en fauteuil a soulevé avec difficulté ses jambes, qui étaient encore appuyées sur celles d'Adonis.

— Je crois qu'il a compris, Sara, il a marmonné.

Elle s'est reculée pour mieux m'observer, de la tête aux pieds, comme une bête qu'on jauge, qu'on pèse, pour mieux estimer son prix.

— Tu es trop gentil, toi aussi, mon Maxime. Les Machins ont du mal à comprendre, en général. Les Machins sont des crétins, c'est connu.

En poussant un soupir, celui qui s'appelait Maxime m'a tendu sa bande dessinée. C'était un Tintin. *On a marché sur la Lune.* Je le connaissais par cœur.

— Tu l'as déjà lu ? il m'a demandé.

Je n'ai pas répondu. Silence radio. Je suis resté debout, sans savoir quoi faire, sans trouver où poser mon regard. Ils étaient tous si atroces. Comment s'habituer à ça ? À cette horreur. Cette cabane, c'était la fabrique des monstres. Mon silence s'est étendu dans la pièce, s'est transformé en malaise qui a immobilisé les jeunes joueurs, a figé Maxime, glaçant l'ambiance.

Sara était demeurée les bras croisés, comme un videur de boîte de nuit qui guette le moindre dérapage pour intervenir. Adonis a senti la gêne. Il a relevé la tête et a planté ses yeux dans les miens. Puis il s'est adressé à Sara.

— Tu as perdu.

— J'ai pas encore perdu.

— Faut savoir admettre sa défaite, Sara. Sois bonne perdante. Il est devant moi. Il est entré...

Je n'ai pas su quoi dire. Ces deux-là parlaient de moi.

— Tu trouves qu'il est entré, toi?

— Il n'est plus dehors, en tout cas.

Sara s'est déplacée. Elle s'est installée à califourchon sur l'accoudoir du canapé. Sa casquette lui masquait les yeux. C'était la seule partie de son visage qui était intacte. Ne plus les voir, pour moi, c'était perdre le contact avec ce qui la rendait humaine. J'ai eu envie de détaler. Fuir, sortir de là.

— Pour que tu comprennes bien la situation, on a fait le pari que tu resterais dehors, Machin. Que tu n'oserais pas franchir le seuil de la porte. Parce que tu étais rien qu'un blaireau.

— Ne l'agresse pas, Sara, a mâchonné Adonis. Si tu l'agresses, ça ne compte pas, c'est trop facile.

— Je ne l'agresse pas, je communique avec lui. Hein, Machin, qu'on communique bien ensemble? Il n'y a pas de malaise entre nous!

Je me suis raclé la gorge. Ils parlaient de moi comme si je n'étais pas capable de répondre. Mais rien ne me venait à l'esprit. J'étais cloué sur place, les bras ballants, en mode incapable de bredouiller une parole.

— Moi, j'ai parié que tu allais fuir comme un blaireau. Ou un lapin. Et encore, je suis sympa, un lapin, c'est gentil comme comparaison. C'est tout doux. C'est tout mignon, avec ses oreilles et sa truffe. Et puis, quand c'est plus du tout mignon, si ça grossit trop, au pire, on peut le manger, le lapin. Un bon lapin à la moutarde. Miam. Hé, Zoé, qu'est-ce que tu en penses, toi, de Machin ? Il ressemble à un lapin ?

Zoé s'est un peu écartée et ses yeux se sont posés sur moi. Elle a remué la tête de gauche à droite, lentement.

— Non, je suis d'accord avec toi, il ne ressemble pas à un lapin, a poursuivi Sara. À quoi tu ressembles, Machin ?

Adonis a poussé un soupir. Il s'est adressé directement à moi :

— Ne fais pas attention à Sara. Tu peux l'ignorer, si tu veux. Nous, on a l'habitude. À force, elle nous fait même rire. C'est juste qu'elle ne peut pas s'empêcher d'être un peu trop... directe. Mais c'est ce qui fait son charme.

— Moi, directe... Je te préviens, Machin, Adonis est trop gentil. Il est tellement gentil que c'est parfois à la limite de la connerie. Il voit le bien partout. Il pense que les gens sont bons. Il a parié que tu allais entrer et rester avec nous. Il a dit que tu avais une bonne tête. C'est pas parce qu'on a rien d'abîmé qu'on a une bonne tête, je lui ai répondu, à Adonis. On peut être intact et complètement laid !

— Lâche-le maintenant, Sara. C'est pénible, à force...

Elle a continué comme s'il ne l'avait pas interrompue :

— J'ai parié que tu n'allais pas pouvoir nous supporter !

Elle a redressé sa casquette et a planté ses yeux dans les miens. Une vraie décharge électrique, un choc. Elle m'avait transpercé de son regard bleu. C'était comme si elle me connaissait depuis toujours, qu'elle ne se faisait aucune illusion sur moi. J'ai senti mon corps flancher, mes mains devenir moites. Des décharges électriques, prémices d'une migraine, ont traversé mon crâne, me faisant grimacer.

Elle était tellement sûre d'elle.

(Je ne veux pas qu'elle gagne son pari, j'ai pensé. Pour qui elle se prend ?)

En même temps, je n'avais qu'un désir. Me barrer. Détaler. Les laisser entre eux.

À ce moment, Maxime a avancé son fauteuil roulant vers moi. Je l'ai vu manœuvrer et je n'ai pas esquissé un geste pour l'aider. Il s'est approché jusqu'à me frôler. La bande dessinée était posée sur ses genoux. Il a levé sa main droite, celle qu'il pouvait encore bien mouvoir et il a touché mon Walkman qui dépassait de la poche de ma doudoune. Je ne m'y attendais pas.

Je n'ai plus rien contrôlé. J'ai tourné les talons. Je suis sorti, j'ai traversé le parc et j'ai couru vers l'appartement. La seule pensée qui me tournait dans la tête, c'était que je ne supportais pas qu'on touche mon baladeur. Une rengaine : on ne pouvait pas le toucher. Personne ne pouvait le toucher. Le toucher, c'était l'abîmer, l'endommager, le détruire. C'est un vieil appareil, celui de ma mère. Le Walkman de ma mère. Ce gamin, ce truc, cette chose, avait osé poser ses pattes dessus. Sans me demander. Même mon père ne pouvait pas. Même ma grand-mère n'osait plus. Elle connaissait mes réactions. Je tremblais encore quand je me suis allongé sur mon lit. Des sueurs froides me coulaient dans le dos et j'avais du mal à respirer. J'ai sorti mon appareil de ma poche le plus délicatement possible, et j'ai vérifié s'il était encore en état de marche.

Enfoncé la touche *Play.*

Entendu la voix de ma mère.

Enfoncé la touche *Rewind.*

Entendu la voix de ma mère.

Enfoncé la touche *Rewind.*

Entendu la voix de ma mère, encore et encore.

## - 9 -

# Pump up the jam

**1989, Technotronic**

*Make my day...*

Le bus pour se rendre au collège passait devant le centre de repos. Il fallait traverser la route et l'arrêt était signalé par un simple panneau en fer indiquant le numéro de la ligne : 62. On l'avait repéré plusieurs jours avant, avec mon père, pour que je m'habitue à mon nouveau trajet.

C'était vraiment l'arrêt du bout du monde : pas un seul abri pour échapper à la pluie, pas un seul banc, pas même une signalisation au sol. Une route bien droite, presque déserte, quelques rares voitures qui traçaient à fond la caisse l'empruntaient. Des sapins indifférents que le vent secouait, une fosse peu profonde à la lisière de la forêt, remplie d'eau stagnante, quelques champignons épars. Sans doute un ou deux sangliers curieux planqués derrière les premiers fourrés pour nous observer en douce. Un paysage de rêve.

Mon père m'avait accompagné jusqu'au pied de notre bâtiment. Juste avant de partir, il avait vérifié le contenu de mon sac comme si j'entrais en sixième et que j'étais incapable de gérer mes affaires. À chaque fois, il me faisait le même plan. Il agissait comme si c'était lui qui faisait sa rentrée et allait devoir s'adapter à un nouvel environnement. Pas forcément amical. Pas forcément accueillant. Pas forcément agréable. Par expérience personnelle, je pouvais affirmer que les nouveaux environnements n'étaient pas forcément amicaux, accueillants ou agréables. J'ai le souvenir d'avoir passé deux mois en classe de cinquième sans avoir adressé la parole à personne, même pas à un adulte. Je n'avais pas encore mon Walkman. Il m'aurait été bien utile, je crois.

Quand mon père était nerveux, il parlait beaucoup. Tout le contraire de moi. À croire que je n'étais pas vraiment son fils.

— Tu te présentes au principal ou à la vie scolaire, dès ton arrivée. Tu te renseignes pour ta classe, et le nom de tes profs, et surtout tu ne t'inquiètes pas, parce que j'ai fait ton inscription mais, quand même, tu vas vérifier si tous les papiers ont été correctement remplis parce que tu sais que parfois j'oublie certains trucs, mais c'est très rare. Tu me fais confiance, bien entendu. Tout va bien se passer, tu vas te faire de nouveaux amis, puisque c'est important pour toi d'avoir des amis, ce qui est parfaitement normal. C'est important de reprendre le rythme des cours. On m'a dit que c'était un très bon collège. C'est une cité scolaire en fait, avec une école primaire et un lycée aussi. C'est sans doute grand, très grand, mais tu ne vas pas te perdre, non, il n'y a pas de raison que tu te perdes... Tu as un bon sens de l'orientation et il te suffira de demander où se trouve ton cours, mais, ça aussi, tu sais le faire, il n'y a pas de raison de s'inquiéter...

J'ai eu envie de détaler pour ne plus écouter son discours, échapper au déballage de sa bonne volonté et de son envie de me rassurer.

— T'inquiète, je gère, j'ai répondu.

C'est vrai que je n'étais pas particulièrement stressé. J'avais vécu tellement de fois cette situation. On est restés quelques instants l'un en face de l'autre, incapables de décider quelle attitude adopter. Puis j'ai attrapé le casque de mon Walkman et je l'ai collé sur mes oreilles.

J'ai aperçu le petit groupe de loin. Je m'y attendais. J'avais interrogé mon père sur les enfants et les ados soignés ici. La politique de l'établissement était de les intégrer le plus possible à la vie active. Ne pas faire de leur séjour une bulle qui les couperait de la réalité. La plupart d'entre eux étaient scolarisés à l'extérieur. Sauf ceux qui ne pouvaient pas se déplacer, pour des raisons physiques ou psychologiques.

Je les ai reconnus, donc, installés autour du panneau. Ils étaient cinq. Le garçon et les deux filles qui jouaient aux cartes, Sara et Adonis. Maxime était sans doute trop dépendant de son fauteuil pour sortir du centre. Pas de trace de Zoé.

Je crois qu'ils m'attendaient.

Il faut dire que la veille, le dimanche, Millie, Pascal et Clotilde s'étaient postés sous ma fenêtre, dans le parc. Ils avaient dû repérer ma chambre. Ils m'avaient appelé et, comme j'étais resté invisible à leurs yeux, ils avaient jeté des graviers contre les vitres. Ils visaient plutôt mal et les caillasses ne touchaient rien d'autre que les murs du premier étage.

— Descends, Machin ! s'égosillait Pascal.

Millie avait mis ses deux mains autour de sa bouche et elle scandait : « Machin, Machin, reviens ! » en faisant des efforts d'articulation, ce qui donnait : « Hhaaachin, hhaaahin, euuuviens ! »

Clotilde répétait à tue-tête : « Machin, t'es pas un lapin ! Nous on t'aime bien ! »

Leurs rires étaient montés jusqu'à moi. En me penchant discrètement, j'avais aperçu aussi Maxime sur son fauteuil roulant. Il ne criait pas et tordait son cou pour tenter de me voir. Il avait l'air sérieux et concentré.

Les trois jeunes m'ont accueilli comme si nous nous connaissions depuis longtemps.

— Ben alors, Machin, pourquoi t'es pas descendu hier quand on t'a appelé ? m'a demandé Clotilde. Tu ne nous as pas entendus ? Pourtant on hurlait comme des putois.

— Pas comme des lapins, a ajouté Pascal. C'est pour ça.

À ma grande surprise, Millie s'est hissée sur la pointe des pieds pour me coller une bise sur chacune de mes joues. Je n'ai pas reculé. Je n'ai rien montré à la petite. Ni mon envie de reculer, ni la répulsion que j'éprouvais à la toucher.

Sara et Adonis étaient un peu à l'écart. Il était plongé dans son téléphone et m'a salué d'un signe de tête, sans faire de commentaires. Elle avait sa casquette sur les yeux, une barrière impossible à franchir. Je n'ai pas cherché à leur parler. Nous n'étions pas des amis.

Je n'ai pas pu écouter ma musique parce que, pendant les dix minutes suivantes, c'est Millie qui a fait l'essentiel de la conversation. Le problème était que je ne comprenais pas tout ce qu'elle racontait. Alors, je hochais la tête, pour faire croire que j'approuvais. Pascal, lui, semblait tout saisir.

— Oui, si tu as Vateaux en français, tu as de la chance, c'est un prof super. Non, faut pas avoir Lazare en EPS, il passe son temps à coller les gens. Il peut plus supporter les élèves, il prend sa retraite l'année prochaine, il a la haine d'être encore là. Elle te demande en quelle classe tu es.

— Pardon ?

— Millie te demande en quelle classe tu es.

— En troisième.

Pascal s'est tourné vers Sara.

— Hé, Machin sera peut-être avec toi !

— Super, elle a répondu. La chance.

— Nous, on est ensemble, tous les trois, en sixième deux. Ils ont fait exprès de pas nous séparer, c'est la CPE qui me l'a dit. Comme ça on peut s'aider. Moi, je pompe tous les exercices de maths sur Clotilde. Elle est trop forte.

Je n'avais qu'une envie, c'était de me plonger dans les années quatre-vingt.

Le bus est apparu au bout de la route et il a mis un temps fou à parvenir jusqu'à nous. Je suis monté en premier. Il était vide. Nous devions être la première étape de son trajet. Par réflexe, je suis allé me coller au fond. Les meilleures places. Les plus stratégiques. Celles que tout le monde convoite. Du fond du bus, on voit tout et on n'est vu de personne. J'ai rarement eu la chance de m'asseoir à cet endroit. À chaque fois, les places étaient déjà occupées ou réservées à l'élite. J'avoue avoir éprouvé une sorte de jubilation silencieuse.

J'allais enfin appartenir à la catégorie de ceux qui squattent l'arrière du bus.

Je n'ai pas été suivi. Sara s'est installée juste derrière le chauffeur, à côté d'Adonis. Ils se sont partagé les écouteurs branchés à son téléphone, chacun une oreillette. Sans se parler. Un geste de complicité. Les trois petits se sont assis vers le milieu. Les deux filles côte à côte. Pascal, tout seul, a appuyé son front contre la vitre.

J'ai pressé la touche *Play*. La voix de ma mère. *Un, deux, trois.* Comme un encouragement.

Au second arrêt, le bus a récupéré une dizaine de passagers. Deux ados, des lycéennes, se sont posées devant moi. Elles sentaient la cigarette. J'ai détourné les yeux.

C'est au troisième arrêt que le groupe de garçons est monté. Cinq, six, pas plus. Ils ne m'ont pas calculé et se sont assis au fond, tout autour de moi. En parlant fort, en se lançant des vannes. J'aurais été l'homme invisible, il se serait passé exactement la même chose. Mais ce n'était pas grave. J'avais l'habitude. Être ignoré, c'est parfois mieux que d'être remarqué.

Le son de ma musique n'était pas assez fort pour couvrir leurs voix. La qualité de mon casque ne valait pas celle des casques du XXIe siècle.

C'est pour cette raison que j'ai entendu la phrase lancée par le grand qui se trouvait devant moi. Il était de dos, la capuche de son sweat-shirt blanc couvrait sa tête. Il s'était à moitié levé de son siège et j'ai songé qu'il ne suivait pas les consignes affichées un peu partout dans le couloir : *Attachez vos ceintures !*

Il a lancé :

— Eh, c'est pas possible, ça l'a pas arrangé, les vacances !

Et il a jeté une bouteille d'eau à travers le bus. Qui a touché la tête de Pascal.

Qui s'est levé.

Qui s'est retourné.

Qui a repéré le grand à la capuche blanche.

Qui m'a vu derrière, plaqué contre le fauteuil, tentant de me fondre dans le paysage.

Il n'a rien dit, Pascal. Il n'a eu aucune réaction. Son visage déformé ne pouvait rien transmettre, aucun des sentiments qui devaient l'agiter n'est apparu. On n'a vu que sa laideur et les traits horribles de sa figure décomposée. Il s'est rassis.

L'autre a ri, accompagné de ses copains. J'ai pensé que la vie, c'étaient des grandes décisions. J'ai pensé que ma spécialité, c'était d'être tranquille. J'ai pensé au regard plein d'ironie de cette fille, Sara, qui avait parié que je n'entrerais pas dans la cabane.

Je ne me suis pas levé. Je n'ai pas rejoint Pascal. Je ne l'ai pas défendu. C'est pourtant ce que j'aurais dû faire.

J'ai laissé la bande de garçons se moquer. À haute voix, sans se gêner. Pendant tout le trajet.

Et je me suis dit que plus jamais je ne m'installerais au fond d'un bus.

# - 10 -

## Beds are burning

### 1987, Midnight Oil

*How can we dance when our earth is turning...*

Si on m'avait donné le choix, j'aurais aimé vivre dans les années quatre-vingt.

Je me demande parfois si mes parents et moi, on se serait bien entendus. Je ne le crois pas. Apparemment, ma mère était plutôt populaire. Tout le contraire de moi.

Ses cassettes étaient un mélange étrange de toutes les chansons qui passaient à l'époque. Comme un reflet parfait des humeurs musicales de ces années. De 1980 à 1989. Du rock, de la variété. Elle enchaînait les morceaux sans se soucier de leur genre, sans logique. Une succession de chansons, dans un ordre aléatoire. Juste pour le plaisir de passer du rock à la variété. Elles donnaient un aperçu de ce qu'était sans doute ma mère. Quelqu'un d'insouciant, de drôle, de vif. Qui devait aimer rire, être au centre de l'attention.

Moi, j'étais tout seul. Et sinistre.

Peut-être même qu'on se serait détestés, ma mère et moi, vers quinze ans, et qu'elle se serait moquée de moi pour faire rire ses copines. De la même manière que l'autre abruti, dans le bus. Il avait fait ricaner sa bande en se défoulant sur Pascal. Le reste de la troupe avait ri, s'était acharné, lui avait envoyé des vannes bien lourdes.

Cela avait renforcé leur connivence de gros nuls. Peut-être que ma mère était une grosse nulle ? Qu'elle n'était pas quelqu'un de bien qui se souciait des autres. Peut-être qu'elle se fichait de la peine qu'elle pouvait causer et qu'elle se servait de son charme pour humilier, rabaisser et ainsi se mettre en valeur.

J'aurais aimé vivre dans les années quatre-vingt parce qu'elles me paraissaient légères. Vivre légèrement, quelle chance ! Sans penser à couper l'eau quand on se lave les dents. Dans les années quatre-vingt, on pouvait se frotter les canines des siècles en gaspillant de l'eau sans éprouver le moindre remords. On pouvait prendre des bains sans culpabiliser. La disparition de la calotte glaciaire n'était même pas envisageable et les ours blancs devaient se balader peinards, sur la banquise encore intacte. C'est comme si, maintenant, on avait perdu toute notre naïveté. Comme si notre futur ne serait qu'une succession de catastrophes écologiques, économiques, sociales.

Pas envie de vivre dans un monde sans abeilles, sans travail, sans air pur, sans éléphants ni baleines.

J'étais bien, avec ma musique. Aspiré dans le passé. Avec le décompte de ma mère qui agissait comme une formule magique.

J'ai attendu que tout le monde sorte pour m'extraire de mon fauteuil et traverser le couloir. Je serais bien resté toute la journée dans cet autobus. Ne pas avoir à affronter tout ce que cette journée allait me réserver comme épreuves. Le chauffeur voulait repartir. Il avait laissé tourner le moteur, et il patientait en tapotant le volant avec ses doigts, l'air exaspéré par ma lenteur. Peut-être qu'il aurait pu m'emmener avec lui, si je le lui avais demandé gentiment. J'aurais fait la tournée des écoles avec lui. On serait devenus copains et il m'aurait adopté. Je n'ai pas osé lui en parler et j'ai dévalé les trois marches le plus dignement possible.

Sara me guettait à la descente, avec les trois autres, en trépignant sur place, tapant des pieds contre le sol recouvert de gravier. Il faisait froid, de la buée sortait de sa bouche comme une trace tangible de son énervement. Cette fille était sans cesse en colère.

J'ai pensé qu'on allait me voir avec eux et que ce n'était pas forcément une bonne chose, pour une première journée d'intégration.

Ce n'était pas une belle pensée, j'en avais conscience.

Adonis s'éloignait déjà. Il n'avait sans doute rien à me dire ou il était pressé. Le lycée était situé sur une petite butte, de l'autre côté du parking. Un chemin dallé serpentait entre quelques bosquets et, déjà, une longue file d'élèves s'y étalait paresseusement. D'autres groupes se dirigeaient vers le collège, au fond de l'allée recouverte de ce gravier que Sara projetait dans ma direction à coups de pied rageurs.

Pascal avait la tête baissée, les mains enfoncées dans sa parka un peu trop grande pour lui. Millie tâchait de calmer Sara en bredouillant des bouts de phrases incompréhensibles et Clotilde avait des larmes dans ses yeux qu'elle essuyait du plat de sa main. Elle n'aimait pas pleurer. Sa peau allait tirer, du mauvais côté de son visage, il lui faudrait sans doute passer à l'infirmerie pour qu'on lui applique de la pommade. Et la pommade sentait mauvais, les autres allaient se moquer d'elle et elle allait encore pleurer. Le cercle infernal.

Sara m'a fait face. La colère tendait ses traits, ses yeux étincelaient. Je me préparais à une rafale de reproches, des insultes, son mépris, sa hargne. Les petits avaient dû lui raconter ce qui s'était passé.

Je n'ai pas vu le coup partir.

Elle a balancé son poing serré, plutôt fort, dans mon estomac et je me suis plié en deux, le souffle coupé. Ce n'était pas la douleur, non, c'était plus sa réaction qui me sciait. C'était la première fois qu'on me frappait.

Qu'une fille m'envoyait son poing dans le ventre. Puis j'ai entendu sa voix qui s'élevait :

— La violence, ce n'est pas juste. Il ne faut pas se battre, vous le savez, et jamais, jamais, vous ne devez faire comme moi. Je ne suis pas un exemple à suivre. Surtout pas. Il faut me le promettre.

Je me suis redressé. Elle me tournait le dos, et elle s'adressait aux trois enfants.

— Mais ce qu'a fait Machin, jeter une bouteille sur la tête de Pascal pour faire rire les autres, ça ne méritait pas autre chose que mon poing dans son bide de gros lâche, gros nul, gros con.

Pascal s'est écarté du petit groupe en faisant un pas de côté. Il m'a lancé un regard plein de mépris. C'était, comme le geste de Sara, quelque chose de douloureux et de surprenant.

Millie a commencé une phrase en s'embrouillant, en s'embourbant dans la prononciation des mots, et Sara l'a coupée :

— Oui, je sais, ce n'est pas lui qui l'a lancée, mais c'est la même chose, Millie. Regarder et ne rien faire, c'est comme faire.

Elle s'est tournée vers moi.

— Je t'interdis de m'adresser la parole. Je t'interdis d'adresser la parole à aucun d'entre nous, même quand tu nous croiseras à l'hôpital, à la cantine, dans le bus, dans les couloirs, aux toilettes. Nulle part. Je t'interdis aussi de revenir à la cabane. Tu pourras continuer à nous regarder de ta chambre, tout là-haut, bien loin de nous, si tu as envie. Reste enfermé. Ne sors pas ! C'est ce que font les mecs comme toi. Ils se contentent d'espionner la vie des autres parce qu'ils n'en ont pas, de vraie vie. Je me trompe presque jamais sur les gens que je rencontre et toi, la première fois que je t'ai vu, je ne t'ai pas senti.

Ils se sont éloignés de moi. Je suis resté immobile, encore sous le choc, et j'ai entendu la sonnerie du collège retentir au loin. J'allais être en retard pour ma rentrée. Mais ça m'était égal.

Peut-être que ma mère et moi, on se serait bien entendus, dans les années quatre-vingt.

Je n'étais pas forcément quelqu'un de bien.

# - 11 -

## Boys don't cry

### 1984, The Cure

*I would say I'm sorry if I thought*
*that it would change your mind...*

Évidemment, j'étais dans la même classe que Sara. Le destin s'acharnait sur moi.

La troisième deux.

— On est la pire classe du collège, m'avait prévenu, en guise d'accueil, un des élèves. Manuel, il s'appelait. Un grand maigre avec le front couvert d'une acné plutôt hargneuse. Il semblait tirer une certaine fierté de cette mauvaise réputation et considérait que je m'étais montré à la hauteur en arrivant ainsi en retard. Selon ses critères de rebelle, ça devait être une marque d'irrespect du règlement, et il m'avait déjà adoubé.

La CPE, Mme Pouligne, en me recevant dans son bureau, m'avait prévenu que j'avais intérêt à me fondre dans la foule, à disparaître de son angle de tir, sinon elle allait m'aligner. Une CPE qui avait un langage de sniper...

C'est la première fois que je ratais à ce point ma rentrée.

Disparaître, c'est exactement ce que j'avais prévu pour les dix prochaines années de ma vie.

Pendant une semaine, j'ai fait exactement ce que Sara m'avait ordonné de faire. Je l'ai évitée, je ne l'ai pas regardée, j'ai tenté de m'éloigner le plus possible des zones où elle pouvait se situer. Ce n'était pas facile parce qu'elle était partout où j'allais. Comme s'il était écrit quelque part que, quoi que je fasse, où que je me trouve, Sara devait être là. Comme si c'était prémédité, organisé, planifié par une force supérieure.

Une force malintentionnée.

Je savais bien qu'elle me détestait. Elle l'étalait, sa haine, la manifestait en me crachant dessus – et ce n'était pas qu'une figure de style. Plusieurs fois, j'ai évité un jet de salive qu'elle lâchait du coin de sa bouche tordue et elle savait viser, à croire que se faire raboter le visage permettait de cracher avec précision.

Elle se plaçait au début du rang, je me glissais en dernière ligne. Je déployais des ruses de Sioux pour éviter le moindre contact.

En histoire, le professeur lui avait demandé de me donner ses cours. Apparemment, elle était une des meilleures élèves de la classe. Elle avait refusé. Un « non » clair et sans commentaires. Il a eu l'air étonné mais n'a pas insisté, sans doute habitué à son mauvais caractère. Une autre élève, Clara, s'est proposée spontanément pour m'aider.

Nous nous sommes retrouvés au CDI pour qu'elle me prête ses cahiers. Elle est restée avec moi pendant que je réalisais les photocopies. Nous avons discuté. C'était un chouette moment, surtout qu'elle était plutôt jolie, Clara, et c'était la première fois qu'une fille prenait le temps de parler autant avec moi.

Enfin, elle m'a surtout raconté pourquoi elle voulait entreprendre des études d'avocate, la race de chien qu'elle souhaitait avoir, comment elle voyait sa future maison et où elle rêvait de passer des vacances à Saint-Barth, à cause de toutes les stars qui y habitaient. Comme par hasard, Sara se trouvait près des rayonnages et j'ai intercepté le regard moqueur qu'elle posait sur le couple que nous formions, Clara et moi. J'en ai rajouté, j'ai souri et je lui ai posé plein de questions avec enthousiasme : quelle est ta marque de voiture préférée ? Et ton sport favori ? Et tu as des frères, des sœurs ?

Je faisais mine de trouver la discussion passionnante pour que Sara perde son sourire.

Ce qu'elle n'a pas fait. Ce qui m'a énervé.

J'ai également évité les autres défigurés, toute la semaine. Le matin, à l'arrêt du bus, Adonis m'ignorait, mais je voyais bien, à sa façon de détourner la tête quand j'arrivais à l'arrêt du bus, que cela lui était pénible.

Pascal me tournait ostensiblement le dos ainsi que Clotilde. Seule Millie me faisait un petit signe de la main, et, quand Sara n'était pas là, elle s'approchait de moi et me demandait si j'allais bien. C'était une phrase qu'elle parvenait à dire correctement, sans bredouiller, sans se perdre.

— Comment tu vas ?

— Bien, Millie. Je vais bien.

Elle me souriait de son drôle de sourire qui rendait son visage encore plus tragique.

Le premier week-end après les vacances, mon père était de garde le midi et, comme toujours, notre frigo débordait : un citron racorni, un yaourt périmé et déprimé, conscient de sa fin de vie pathétique et de son pauvre destin moisi, une bouteille de lait presque vide, un pot de moutarde. Tout ce que j'aimais.

Mon père m'avait donc donné un ticket pour que je me rende au self, vu la misère de notre situation alimentaire. C'était sa façon de nous sauver de la famine : exhiber son carnet à souches avec ses tickets qui nous donnaient droit à toute cette fabuleuse nourriture. J'ai attendu le dernier moment pour aller récupérer un plateau. Je ne voulais pas tomber sur les autres.

La difficulté majeure était de passer la double porte battante du couloir permettant de quitter la cafétéria. En effet, un des rabats était très lourd et la vitesse avec laquelle il se refermait était surprenante. Entrer était facile, sortir posait problème, les bras encombrés d'un plateau-repas qui pouvait basculer.

J'avais franchi l'obstacle, heureux de n'avoir pas renversé mon gâteau à la semoule tremblotant dans sa coupelle et je me trouvais dans le couloir qui menait jusqu'à l'accueil. Je fixais les frites molles et déjà froides, la madeleine industrielle incroyablement savoureuse emballée dans du plastique excessivement coloré, quand j'ai levé la tête.

Maxime me coupait la voie, son fauteuil était juste en face de moi dans le couloir qui menait au hall central. Cinq mètres, un peu moins. Il me regardait et je ne savais pas quelle attitude adopter. Hors de question de faire demi-tour. J'allais le contourner quand il a dit, d'une voix éraillée :

— C'est à cause de moi. Je m'excuse tellement.

J'ai failli lâcher mon plateau. Je ne m'attendais pas à cette déclaration. Comme à mon habitude, je n'ai rien su répondre. Il a roulé vers moi, pour se rapprocher, et sa voix a jailli plus fort, rauque, un souffle, comme s'il se forçait à articuler. C'était presque douloureux de voir ce petit bonhomme redresser son corps abîmé. J'aurais aimé qu'il se taise et qu'il me laisse poursuivre mon chemin.

— Depuis ce jour-là, je n'arrête pas d'y penser. Tout le temps.

Sa main gauche était collée contre sa poitrine, toute recroquevillée. Son œil droit était plus haut que son œil gauche et une larme y est apparue, glissant le long de sa joue. Je voulais fuir, loin de lui.

— J'ai touché ton Walkman. Quand on était à la cabane. Je n'aurais pas dû, je sais. Ou bien j'aurais dû te demander. Moi, quand on touche mon Conill sans me demander la permission, ça m'énerve. Conill, c'est lui.

Il a glissé sa main derrière son dos et il a fait apparaître un lapin en peluche miteux. Il lui manquait un œil, une de ses pattes avait été recousue avec un fil d'une autre couleur, et ses deux oreilles déchiquetées pendaient lamentablement. C'était le doudou le plus minable, le plus atroce, le plus laid que j'aie vu. L'anti-doudou.

En fait, il ressemblait à Maxime. Un petit bout raccommodé de toute part.

— Je l'ai depuis que je suis tout petit. C'est ma maman qui me l'a donné. Elle est de Barcelone. Elle parle le catalan tout le temps. Elle voudrait que je l'apprenne. C'est pour ça qu'il s'appelle Conill. Ça veut dire « lapin », en catalan.

— Ah ! D'accord ! j'ai répondu.

Super réplique qui tue.

Maxime a eu l'air rassuré, comme si je comprenais où il voulait en venir.

— C'est à cause de moi si tu es parti en courant.

La semoule du gâteau a frémi.

— Dans la cabane, il a poursuivi. Le premier jour...

— Ce n'est pas à cause de toi.

— J'ai touché ton Walkman sans te demander. Adonis m'a dit que c'était un Walkman et que c'était un truc vieux et que peut-être tu l'aimais beaucoup. Et que parfois, quand on aime fort un truc, on ne supporte pas que les autres le touchent. Je t'ai fait de la peine. Je t'ai rendu triste.

Les larmes qu'il contenait à grand-peine se sont déversées, alors je ne sais pas ce qui m'a pris. J'ai posé mon plateau, je me suis agenouillé devant le fauteuil de Maxime. J'ai pris ses mains dans les miennes. Puis je l'ai serré dans mes bras. Pas fort. Ne pas l'étouffer, penser qu'il était fragile. Son corps contre le mien ne pesait pas grand-chose. Et son odeur était un mélange de désinfectant, de médicament, et de chewing-gum à la fraise. J'ai oublié qu'il était tordu. J'ai oublié qu'il était laid. J'ai oublié son visage et sa maladie. Ses sanglots ont cessé, alors je me suis détaché de lui.

En me redressant, je me suis retrouvé face à Sara.

Ses yeux vifs me fixaient et je n'ai pu déchiffrer ses pensées.

Elle a attrapé les poignées du fauteuil de Maxime et ils se sont éloignés, tous les deux. Mon plateau gisait au sol. Je n'avais plus faim.

# - 12 -

## Wake me up before you go-go

**1984, Wham**

*You get the grey skies out of my way...*

Le mois de décembre avait glacé les allées du parc, figeant les arbustes dans leurs postures désincarnées. Les troncs des arbres se détachaient sur un fond blanc, effilant davantage leurs silhouettes jusqu'à les étirer vers le ciel déjà bien bas.

Il était midi passé quand je me suis levé, le dimanche matin. Direct le Walkman sur les oreilles, la musique à fond. Mon père m'avait rapporté de la brioche. Il restait un fond de confiture d'abricot et quelques tranches de saucisson à l'ail. De quoi faire un brunch formidable. Mon unique ambition : me vautrer dans mon lit. Retour à la case départ, la meilleure façon d'envisager ma longue journée.

En passant, j'ai regardé par la fenêtre, un réflexe, et ce que j'ai aperçu m'a cloué sur place.

Le parking était rempli de voitures. C'était un détail, mais je n'avais jamais vu autant de véhicules garés à cet endroit. Des gens en sortaient, avec des fleurs, des paquets cadeaux. Leurs voix montaient jusqu'à moi, un brouhaha confus.

Ceux qui ne vivent pas dans les hôpitaux ne connaissent pas l'ambiance qui peut y régner. Un hôpital, c'est silencieux, c'est feutré. Les sons s'étouffent et les voix ne portent pas loin. On a peur de déranger, on craint de bousculer ceux qui souffrent par des manifestations de joie trop bruyantes. C'est pas heureux, un hôpital. J'en ai connu des sinistres, aux couloirs gris, aux dalles de lino usé, aux murs effrités, et que rien, jamais, n'aurait pu égayer.

Cette effervescence m'a paru louche.

Et puis, mon regard s'est égaré et j'allais m'écarter de la fenêtre pour engloutir ce fantastique repas qui m'attendait, quand j'ai vu mon père dans le parc.

Mon père assis sur un banc du parc. Le banc près du grand saule pleureur qui avait perdu ses feuilles et ressemblait à une vieille serpillière retournée.

Mon père avec sa veste en cuir juste passée par-dessus ses épaules, sa blouse blanche toujours impeccablement repassée. Les joues rougies par le froid. Et peut-être pas que le froid.

Mon père riait.

Mon père riait à gorge déployée, sur un banc, avec une femme.

Pas n'importe quelle femme.

Mon père assis sur son banc, et, à ses côtés, la femme aux doigts coupés. Il lui parlait, presque d'un peu trop près. Quelques centimètres séparaient leurs visages. La distance de sécurité avait été franchie. J'ai ensuite remarqué leurs jambes qui s'effleuraient. Mon père penchait sa tête pour entendre les mots de la femme et la redressait brusquement, et ses éclats de rire jaillissaient, des trilles aigues et sonores. Un rire léger et libre.

Je ne l'avais jamais vu rire ainsi. Plein d'une joie toute simple.

La femme aux doigts coupés ne semblait pas surprise. Logique, elle ne connaissait pas mon père. Elle ne savait pas que c'était un homme spécial. De loin, il avait l'air normal. Quand il parlait, on pouvait supposer que rien ne le différenciait des autres spécimens de l'espèce humaine. Mais c'était faux. Mon père ne riait jamais. C'est comme s'il avait épuisé ses réserves de bonheur et que les petits écarts qu'il pouvait s'offrir parfois, de temps en temps, étaient comptés, calculés. Oui, il pouvait esquisser un sourire retenu, presque honteux, à peine généreux. Ses sourires étaient vides. Forcés. À peine apparus, ils s'effaçaient de son visage.

La folie de ma mère lui avait enlevé sa capacité à se réjouir. À aimer aussi.

Je crois bien qu'il n'était plus jamais tombé amoureux. D'aucune autre femme. Que seule ma mère existait, immense, imposante, un fantôme têtu accroché à ses basques.

Ce n'était pas un sujet que nous abordions facilement, ses histoires d'amour et, si je réfléchis bien, il y a de nombreuses zones de silence, dans notre vie. Par exemple, il ne m'avait jamais raconté comment il l'avait rencontrée, ma mère. Il était médecin. Elle était infirmière. Le grand classique des histoires d'amour dans les séries américaines. Ils se croisent. J'imagine un coup de foudre au premier regard, une scène incroyable. Il l'aperçoit dans la salle d'opération. C'est un cœur qu'on opère. Il lui demande un scalpel, qu'elle lui tend en tremblant.

Trois muscles cardiaques pulsent, se gorgent de sang et d'amour en même temps.

Ce ne sont pas des questions faciles, que je pourrais lui poser, l'air de rien, comme ça, juste après son petit café du matin ou avant d'aller au lit.

Dis, est-ce qu'on aime qu'une seule fois, dans la vie ?

Dis, tu comptes sortir de ton chagrin, un jour ?

Dis, est-ce que je risque de devenir fou, moi aussi ?

En tout cas, en dix ans, il n'a pas fait d'autres rencontres, ne m'a présenté aucune belle-mère potentielle, aucune copine, pas de petite amie de passage, de relation un peu sérieuse. Rien. Le désert affectif. Le vide intersidéral.

Ou alors il était très secret et gardait pour lui l'historique de ses conquêtes.

Ce dont je doutais fort.

Là, le rire qu'il offrait à la femme aux doigts coupés était le plus énorme, le plus libre que j'avais jamais entendu. C'est comme si le père que je pensais connaître se révélait être une autre personne.

À un moment, il a levé son visage vers moi. J'ai cru qu'il m'avait vu, et je me suis écarté de la fenêtre, un pas en arrière, brutalement. J'ai attendu un peu puis j'ai regardé de nouveau en direction du parc.

Le banc sous le saule pleureur était vide.

# - 13 -

# Smalltown boy

## 1984, Bronski Beat

*Run away, turn away, run away, turn away...*

L'après-midi, je suis sorti parce que, franchement, j'étouffais dans l'appartement. Tous les sons qui montaient jusqu'à moi me narguaient. C'était si inhabituel, ce vacarme, que ma curiosité en était piquée, et puis, quoi, je n'allais pas rester enfermé parce qu'une fille m'avait intimé l'ordre de ne pas bouger.

Pour qui elle se prenait, cette Sara? La grande commandante en chef ? Il n'existe pas de féminin pour « tyran » ? Si jamais elle se trouvait sur ma route, je lui répondrais que l'hôpital n'était pas à elle. J'avais préparé mon discours à l'avance. Des *punchlines* bien calibrées. De quoi la réduire au silence.

D'accord, peut-être que je n'avais pas bien réagi, le premier jour, dans le bus, quand le garçon avait lancé la bouteille sur Pascal, mais elle n'avait pas à me juger. On n'était pas des amis, je n'avais aucune raison de défendre l'honneur de quelqu'un que je ne connaissais pas et qui, en plus, avait vraiment une sale gueule.

Comme toute sa bande.

Ils étaient laids. Et différents. Les autres se moquaient d'eux. Grand classique. Normal. Point barre ! Je commençais à en avoir assez de culpabiliser et de me sentir mal à chaque fois que je les croisais.

Chacun pour soi.

J'ai vite compris pourquoi le parking de l'hôpital était plein. C'était le jour des « Visites spéciales ». Des affiches colorées indiquaient qu'un loto géant était organisé dans la salle du self. Tous les recoins étaient occupés par des petits groupes bruyants. Les couloirs bruissaient, les escaliers résonnaient de toutes ces paroles qui réveillaient ces lieux d'ordinaire si silencieux. C'était un peu comme si le château de la Belle au bois dormant s'éveillait en même temps que sa princesse, endormie depuis cent ans.

Dans le grand hall se trouvait Millie. Elle était entourée de son père et de sa mère, et de plusieurs filles de son âge qui parlaient toutes en même temps. Elle s'était lancée dans un de ses discours inaudibles, où la moitié des mots semblait être engloutie par l'autre moitié.

Je veux bien l'avouer, son enthousiasme faisait plaisir à voir. On oubliait presque sa laideur et ses difformités tant elle scintillait. J'ai fait un écart, mais elle m'a aperçu et elle a levé la main pour me saluer. Toute la petite troupe d'amies s'est retournée pour voir à qui elle s'adressait et j'ai dû sourire, pour ne pas paraître malpoli. Les filles ont pouffé de rire, elles se sont donné des coups de coude, se sont penchées vers l'oreille de Millie, pour éclater de rire encore, rougir, et m'adresser de longs regards insistants.

Voilà l'effet que je produis sur les gamines de onze ans.

Après, je me suis dirigé vers le parc. Peut-être que sur le banc se trouverait la femme aux doigts coupés, celle qui parvenait à faire rire mon père. À sa place se trouvait Adonis. Lui aussi était noyé dans la masse bruyante de sa famille. Un jeune homme un peu plus âgé que lui, de la même taille, se tenait à ses côtés et j'ai été frappé par sa beauté. La régularité de ses traits. Une sorte de perfection presque surnaturelle, comme si son visage avait été dessiné par un peintre, un artiste particulièrement doué. Je n'ai pas pu m'empêcher de le comparer à celui d'Adonis.

C'était le même visage, mais abîmé. Une copie détruite. J'ai pensé que c'était terrible, parce que les deux frères devaient se ressembler avant. Et qu'aujourd'hui l'un était magnifique, et l'autre, hideux.

Adonis m'a vu et, à ma grande surprise, il s'est avancé vers moi. Il m'a tendu la main, pour la serrer, et je n'ai pas pu refuser. Il est entré dans le vif du sujet.

— Si jamais tu tombes sur Sara, tu lui dis de m'appeler. Ou de rappeler ses parents. Elle ne répond pas.

— Ah.

Comme si Sara allait me parler, à moi.

— Ses parents la cherchent partout aussi. Elle doit se planquer quelque part. À chaque fois, elle leur fait le coup. Elle coupe son téléphone. C'est tellement débile, je te jure. Elle m'énerve. Ils parcourent des kilomètres pour venir, je crois qu'ils roulent une partie de la nuit, et elle, elle refuse de les voir.

Je lui ai jeté un coup d'œil pour vérifier si c'était bien à moi qu'il accordait ces confidences. Moi, Machin, le gars pas sympa.

Il a fait une sorte de bruit étrange, avec sa mâchoire énorme, et c'était comme s'il tentait de me sourire.

— On la motive, avec les autres, on essaie vraiment de la convaincre. Elle nous rassure, elle dit qu'elle va y arriver et, au dernier moment, elle se débine. La dernière fois, elle s'est enfermée dans un placard de la cuisine. Sous l'évier. Le chef était furieux, elle avait grignoté des gâteaux et laissé des miettes sans les nettoyer. Il n'a pas su que c'était elle et il a fait dératiser toute sa salle. Tu l'imagines, elle, rester immobile toute une journée ?

— Oui.

Non, c'était faux, je ne parvenais pas à visualiser Sara dans son placard, terrée, figée. Cette fille était un Terminator, pas une pauvre créature apeurée.

Il a haussé les épaules, s'est tourné vers ses parents, comme s'il voulait les rejoindre, et m'a lancé, avant de repartir :

— Elle t'a pas mal secoué, en fait. Elle t'a balancé des choses pas très agréables à entendre.

— Oui.

— C'est que tu les méritais, non ?

Il m'a retendu la main, un geste amical.

— Je dois y aller. Mes parents me sortent. C'est la fiesta chez les Delgado. On va au restaurant, au cinéma, se taper le grand loto. J'en ai de la chance.

Quand il a rejoint le petit groupe, son frère l'a saisi par les épaules, un geste complice, plein de tendresse. Ils se sont bousculés, comme deux jeunes chiots pleins d'entrain, et je l'ai presque envié, Adonis. De partager cette joie-là avec quelqu'un.

J'avoue, ce n'est pas très joli, ce sentiment. Mais quoi, je ne suis décidément pas parfait !

# - 14 -

## Where is my mind

**1988, Pixies**

*With your feet in the air and your head in the ground...*

Je n'étais pas allé au loto.

Dans le parc, j'avais attendu que la journée passe, assis sur le banc, avec ma musique, et les deux canards de la mare m'avaient rendu une visite amicale. Ils s'étaient accoutumés à ma présence. On s'entendait plutôt bien. Pourquoi est-ce que je doutais de ma capacité à me faire des amis ?

La lumière du jour baissait. L'effervescence qui régnait tout l'après-midi avait fait place à une sorte de calme qui allait de pair avec l'obscurité naissante. Parfois, des voix perçaient la torpeur, jaillissant tels des échos refusant de s'éteindre. La plupart des familles étaient sorties, ou s'étaient enfermées dans les chambres des patients, sans doute collées devant les émissions de la fin de journée.

J'ai croisé Pascal qui jouait au foot sur le parking avec deux autres garçons un peu plus âgés que lui. Les portières d'une voiture garée à proximité étaient ouvertes et de la musique s'en échappait. Ils avaient posé deux pulls au sol pour signaler les poteaux imaginaires, et les trois joueurs semblaient prendre très au sérieux le fait de marquer ou non des buts. Ils s'encourageaient : « Allez, vas-y, passe, fonce, tire... »

Pascal a fait mine de ne pas me voir. Je suis passé sans me faire remarquer, en mode hyper discret. La balle dure m'a heurté dans le dos, plutôt violemment, et quand je me suis retourné ils se sont enfuis en courant vers l'hôpital. Une dizaine de mètres plus loin, Pascal s'est arrêté et m'a fait un doigt d'honneur. Les deux autres l'ont imité et j'ai eu droit à leurs plus belles injures. C'était plutôt varié au niveau des gestes. Ils étaient doués. Beau style, belle inventivité. Je les ai laissés faire sans réagir. À quoi cela m'aurait servi d'essayer de les rattraper ?

Je me suis dirigé vers l'arrêt de bus, à l'extérieur de l'enceinte du centre hospitalier, sans trop réfléchir. Les arbres agrippaient le ciel qui s'obscurcissait. De l'autre côté de la route, un reste de soleil rougeoyant se perdait dans les têtes des sapins, happé par leurs branches, aspiré de l'autre côté du monde. Quand j'étais plus petit, la nuit me remplissait d'une douce tristesse, comme si je refusais de voir disparaître la lumière tout en sachant que ce n'était pas possible. Il fallait bien renoncer au jour.

J'ai aperçu la tache rouge au moment où j'allais faire demi-tour. Dans la pénombre du sous-bois, dans une sorte de tranchée où se trouvait une ancienne canalisation coupée en deux. J'ai distingué le pull. La forme allongée. La casquette bleue.

Il faisait froid. Un courant d'air plus vif circulait entre les arbres, agitant les branches, et disparaissait dans les tréfonds du bois, me glaçant le visage et les mains au passage.

Je me suis avancé, toujours sans réfléchir. Je ne la cherchais pas vraiment. Aucune raison pour le faire.

Au sol, les feuilles mortes formaient un tapis givré qui craquait sous mes pieds et accompagnaient mon élan timide. J'avais à peine fait quelques pas qu'elle a dégainé :

— Casse-toi, Machin !

J'ai failli lever les mains en l'air. Un peu comme un cowboy que le shérif interpelle et qui a le réflexe de montrer qu'il avance désarmé. J'ai continué à marcher. Un tronc abattu me bloquait le chemin, je l'ai enjambé. Elle a continué :

— Fous le camp ! Qu'est-ce que tu crois que tu fais ?

La terre était molle et gorgée d'humidité, pleine de cette senteur si particulière à l'hiver. L'humus, les champignons, la mousse, l'eau stagnante, se décomposant en éparpillant une odeur douce et presque écœurante. Une pierre m'a frôlé l'épaule. Elle ne visait pas trop mal.

— Mais dégage, toi !

D'habitude, je n'entendais que de la rage dans sa voix. Là, c'était différent.

Elle a disparu de mon champ de vision, mais, très vite, je l'ai vue de nouveau. Plongée dans le trou de la canalisation. Recouverte de feuilles, les pieds boueux. Un faune des bois, une créature magique et étrange, attachée au sol pourrissant, liée à la terre noire, aux ombres lourdes des arbres, au silence pesant de cette pénombre qui nous entourait.

— Tu vas avoir froid, Sara.

Elle a dû être surprise par mes mots, parce qu'elle s'est immobilisée. Dans sa main, un autre caillou qu'elle pointait vers moi. Elle a reniflé, s'est essuyé le nez avec la manche de son pull rouge.

— Qu'est-ce que ça peut te foutre, Machin ?

— Ben, ça serait dommage. D'être malade et tout.

— Je suis déjà malade et tout.

— Tu n'es pas vraiment malade.

— Non, je suis surtout « et tout ».

J'ai avancé d'un pas. Elle a levé le bras.

— Tu t'approches pas de moi. Si tu t'approches, je te jure, je te défonce le nez avec ma pierre.

— Et ?

— Et quoi ?

— Tu me défonces le nez, d'accord. On imagine. Tu me l'exploses, tu me le détruis. Je n'ai plus de nez. Un grand trou au milieu du visage. Je serais comme la petite, je ne sais pas son prénom...

— Zoé.

— Zoé, d'accord. Amputé du nez.

— Tu serais pas beau à voir.

— Non. Je serais affreux.

— Monstrueux.

— Dégueulassement horrible.

On est restés silencieux quelques instants.

— Tu penses qu'elle est dégueulassement horrible, Zoé ?

J'ai regardé le bras de Sara, et cette pierre qu'elle me destinait.

— Pourquoi tu ne veux pas voir tes parents ?

— Qui t'a dit que je ne voulais pas voir mes parents ?

— Adonis.

— Adonis parle trop. Et à n'importe qui. Il devrait fermer sa bouche. Il pense que les gens sont gentils et qu'il faut être gentil avec eux. Il n'a pas compris, avec tout ce qui lui est arrivé, que la vie, c'est pas ça. C'est pas de la gentillesse, des bons sentiments, du pardon, des amis, du bonheur.

— Qu'est-ce qui lui est arrivé ?

— Son frère lui a fracassé le visage dans un accident de voiture. Il s'en est sorti indemne alors que c'est lui qui conduisait. Si j'étais Adonis, je lui en voudrais à mort. Je serais jaloux. Il ne pourra plus jamais plaire à personne parce que tout le monde va le trouver dégueulassement horrible. On dirait qu'il s'en fiche. Et va savoir pourquoi, la seule chose qu'il parvient à faire, c'est croiser un blaireau pour lui raconter ma vie.

— Il ne m'a pas raconté ta vie.

— Il a pas intérêt.

Un corbeau s'est envolé et son croassement a ponctué la phrase de Sara, comme pour confirmer ses paroles.

— Donc, tu me défonces le nez.

— Puis le crâne.

— D'accord, le crâne.

— Oui, le crâne.

— Et tu fais quoi de mon corps ?

Elle a baissé sa garde.

— Je te traîne jusqu'au fond de la forêt, loin de tout, dans un endroit où je te laisse pourrir tout seul.

— Je suis trop lourd. Tu n'auras pas la force. Et puis, tu ne me détestes pas assez pour vouloir me tuer.

Je la distinguais mal. C'est comme si son visage était lissé, ses traits plus réguliers, son ovale retrouvé. Le crépuscule la rendait humaine, Sara. Une sorte d'instant magique dont elle n'avait pas conscience.

— Si, je te déteste.

— D'accord. Pourquoi tu ne veux pas voir tes parents ?

Elle a étouffé un sanglot. J'ai eu envie de m'avancer vers elle. Je suis resté droit, au-dessus du trou, alors qu'elle ravalait ses larmes.

— Parce qu'ils vont faire la même tête que toi, Machin. Sauf que toi, tu ne fais pas semblant. Je vois que je te dégoûte. Et je m'en tape de dégoûter les mecs comme toi, les petits cons qui ne comprennent rien. Mais ma mère, à chaque fois qu'elle me voit, elle pense : « Ma fille est dégueulassement horrible. » Sauf qu'elle se force. Elle me sourit. Elle rigole, elle sort ses maximes bidon, « Ce qui ne te tue pas te rend plus fort »... Et moi, ça me donne envie de mourir. De voir sa tristesse, ses mensonges. Et mon père joue la même comédie du bonheur, on est plus forts que la laideur. Mais ce n'est pas vrai. La laideur, elle s'est incrustée partout.

Le corbeau a confirmé pile au moment où elle se taisait.

— Tu vois, même la nature est d'accord avec moi.

— Tu n'es pas dégueulassement horrible.

— Pfft. N'essaie même pas, blaireau.

La pierre n'était plus dans sa main.

— Je vais attendre avec toi.

— N'importe quoi.

— J'ai rien d'autre à faire.

— À part mater les gens derrière ta fenêtre.

— À part mater les gens derrière ma fenêtre.

— Fabrique-toi une vie, Machin. Ou alors tu vas finir complètement taré.

Le froid m'a fait frissonner. Je n'avais pas mis ma

vieille doudoune. Sara, dans son trou, ne devait pas être mieux lotie que moi.

— On rentre, Sara ?

— Des fois, je me demande si j'ai pas perdu la tête.

Je suis resté silencieux.

— Tu peux rire.

— Je ne ris pas.

— Tu devrais. C'est un jeu de mots, ducon. J'ai perdu ma tête. Je sais que j'ai perdu ma tête. Je n'ai plus de visage. Je ressemble à rien. Mais peut-être que je suis folle, aussi.

— Il y a deux minutes, tu voulais me défoncer le nez puis le crâne.

— Donc, j'ai perdu ma tête ?

— Tu voulais me traîner dans la forêt pour me laisser pourrir.

— Je suis folle ?

— Tu m'as regardé parler avec Clara au CDI pendant des heures sans intervenir.

— Je ne suis pas folle...

— Sadique ?

Elle s'est redressée d'un coup et s'est secouée. Des feuilles étaient encore accrochées à son pull, à sa casquette. J'ai saisi l'éclat de ses yeux. Deux étincelles vives qui m'ont vrillé le cœur.

— C’est bon, on rentre. Et attends un peu. Compte jusqu’à cent. Faut pas qu’on arrive en même temps, Machin, sinon les gens vont croire qu’on a fait des trucs ensemble dans la forêt.

Je l’ai suivie. Je m’en fichais de ce que les gens allaient croire.

# - 15 -

# Tous les cris, les SOS

## 1985, Daniel Balavoine

*Pour te dire que je me sens seul...*

L'heure des visites était passée et toutes les voitures avaient disparu du parking. Il flottait dans l'air une vague odeur de pot d'échappement, de pollution stagnante, comme si rester dans la forêt nous avait nettoyé les poumons. En sortir, c'était comme se faire happer par la réalité.

Dans l'absolu, je crois que j'aurais aimé y rester, malgré le froid et les sombres mouvements que je pouvais percevoir plus loin, derrière les premiers arbres, dans les tréfonds des broussailles. Toute une vie grouillante, de rongeurs, d'insectes, d'oiseaux nocturnes. Mais je n'appartenais pas au peuple de la forêt. J'étais un humain peureux et glacé.

Les parents de Sara n'étaient sans doute plus là. Ils ne pouvaient pas l'attendre indéfiniment. Elle le savait. Elle n'a pas ouvert la bouche, n'a fait aucun commentaire, n'a pas touché à son téléphone portable et s'est dirigée tout droit vers la cabane du parc. Sans poser de questions, j'ai emboîté ses pas.

Ils y étaient tous.

Zoé collée contre Adonis, dans le vieux canapé défoncé, comme la première fois que je les avais vus. Le bras protecteur du grand ado recouvrait les épaules de la gamine qui se reposait contre lui et on sentait bien la grande confiance que la petite lui accordait, à sa manière de se relâcher, au regard qu'elle lui lançait aussi, plein d'une admiration évidente.

Maxime montrait la pile de nouvelles bandes dessinées qu'il avait calées sur ses genoux. Ses parents avaient dû lui en offrir tout un tas. Il les soupesait, les manipulait, une par une, en lisant les titres avec un enthousiasme naïf. En face de lui, Adonis semblait porter une grande attention à ce que le petit disait.

Clotilde partageait des bonbons sur la petite table. Elle avait fait sept petits tas équitables, avec une application méthodique. Millie rêvait, accoudée à la fenêtre, le menton posé dans le creux de sa main, ce qui la rendait encore plus hideuse. Je ne pouvais pas m'empêcher de le remarquer, à chaque fois. Pascal était à côté de Clotilde, bavant par avance sur les futurs bonbecs qu'il allait pouvoir s'engloutir. Il s'est redressé d'un coup en m'apercevant.

Nous avons tous perçu la tension qui s'installait.

— Où tu étais, Sara ? a demandé Adonis.

— Et pourquoi il est là ? a continué Pascal.

— Fermez la porte ! a clamé Clotilde.

J'ai fait un pas en avant et j'ai lentement refermé cette porte qui marquait la frontière avec le monde extérieur.

— Je te préviens, je te compte pas dans les bonbons, a-t-elle rajouté. Je ne recommence pas tout, d'abord.

— Merci de m'avoir envoyé le blaireau, a dit Sara en s'adressant à Adonis.

— Je ne te l'ai pas envoyé.

— À peine.

— Et alors ? Il t'a trouvée ? C'est pas si mal pour un blaireau.

— Euh, ai-je bafouillé... Euh... blaireau...

— Blaireau, a marmonné Pascal.

Millie s'est avancée vers moi. Elle a parlé, mais je n'ai pas tout compris.

— Elle dit qu'elle veut bien partager avec toi sa part de bonbons, a traduit Maxime patiemment. Et moi aussi.

J'ai senti qu'il était temps que je m'exprime, mais je suis demeuré les bras ballants, mon casque autour du cou, mes baskets trempées, avec l'impression que je n'allais réussir à trouver ma place nulle part, jamais.

— Pas moi, a dit Pascal. Il peut toujours crever.

Sara a relevé la visière de sa casquette. Sa boucle d'oreille oscillait à chacun de ses mouvements.

— C'est ce que je lui ai proposé. Qu'il aille crever au fond de la forêt, mais il est coriace, pour un blaireau.

— Tu étais où ? a insisté Adonis. Dans la forêt ?

Elle n'a pas fait mine de répondre.

— Oui, ai-je dit. Elle était dans la forêt.

Ils se sont tous tournés vers moi. Je me suis raclé la gorge.

— C'est là où je serais allé. Moi. Si jamais je voulais fuir quelqu'un. C'est-à-dire si je voulais disparaître et qu'on ne me retrouve pas. C'est une évidence. C'est sombre, c'est noir, on peut s'enfoncer dans les buissons, se perdre loin. C'est parfait si on veut abandonner le bruit. Les gens. Le monde. La vie. C'est là qu'elle pouvait être,

Sara. Dans un trou. Ou dans un placard. Mais le placard, apparemment, c'était déjà fait. Parce que moi, je pourrais rester dans un placard. Enfermé. Aussi. Si j'avais eu besoin. De me cacher.

— Ouais, a fait Clotilde.

J'ai eu envie de me recoller mon casque sur les oreilles, de laisser la musique me prendre, d'entendre le *un, deux, trois* de ma mère. Parce que c'était une autre façon de me perdre dans la forêt.

D'être seul.

Quitter la pièce. De toute façon, je n'avais rien à faire avec eux.

— On peut voter ?

La voix d'Adonis était presque celle d'un adulte. Grave, profonde. Il ne devait pas réaliser l'effet qu'il produisait sur les autres. Un vrai ton de chef qui sait imposer en douceur ses idées. Il a poursuivi :

— On vote et on voit si Rémi peut rester avec nous.

Il avait même retenu mon prénom.

— Moi, je suis pour.

Le premier à s'exprimer avait été Maxime. Il n'avait pas attendu la décision collective et sa déclaration avait laissé les autres un peu perplexes.

— Tu es pour que Machin reste avec nous parce que tu as trop bon cœur, a persiflé Sara. Et tu crois que c'est à cause de toi qu'il s'est enfui, la première fois. C'est la culpabilité qui te fait parler.

— On n'a pas le droit d'influencer, de commenter ou de juger le choix des votants, c'est le principe de la démocratie, mademoiselle Wolkowit.

Adonis prenait son rôle très au sérieux.

— Tout de suite les grands mots, monsieur Delgado, a répliqué Sara.

Une pointe d'humour perçait dans ses paroles. Je me suis fait la réflexion que cette fille était vraiment insaisissable. Je n'arrivais pas à anticiper ses réactions. Elle me surprenait sans cesse.

— Je suis pour.

Millie avait fait un effort de prononciation incroyable et tout le monde avait compris sa phrase du premier coup. Ça m'a fait plaisir même si je m'en fichais qu'ils m'acceptent dans leur groupe.

— Je suis pour.

Adonis a regardé la petite Zoé, qui venait de parler. Elle a placé ses mains sur son visage pour masquer le trou à la place de son nez, un geste réflexe qu'elle ne contrôlait pas.

Elle a continué à parler :

— Il est pas vraiment méchant.

Sara a haussé les épaules.

— On n'est pas dans un film ou dans un livre, Zoé ! La vie ne se réduit pas à des gentils contre des méchants. La lutte du bien contre le mal. C'est plus compliqué que ça, ma puce.

La petite a baissé une de ses mains.

— Je suis pour qu'il reste ici, Machin.

— Rémi, ai-je précisé.

Adonis m'a adressé un regard franc.

— Je suis pour aussi, il a dit. Je crois qu'il a sa place parmi nous.

— Oui, tu as raison, tu as vu sa tronche, a lâché Sara.

Adonis a ri.

— Tu es aussi bien placée que moi pour savoir qu'on ne juge pas sur les apparences, mademoiselle Wolkowit.

— Tu es aussi bien placé que moi pour savoir qu'on passe son temps à juger sur les apparences, monsieur Delgado.

Elle s'est déplacée et m'a fait face. Ses yeux dans les miens, c'était comme si je plongeais dans une fournaise, un volcan en pleine éruption, catapultant des volutes enflammées et brûlantes autour de lui. Cette fille était un incendie, une furie flamboyante, de la lave incandescente à l'état pur. Elle a croisé ses bras et a fait mine de m'observer de beaucoup plus près.

Elle avait un air si sérieux que je n'ai pas su quelle contenance adopter.

— Moi, je suis pour.

C'était Clotilde, qui avait enfin terminé le partage des bonbons.

— Mes copines le trouvent trop mignon.

Les six autres ont tous protesté :

— Non, non, ce n'est pas un argument, on ne peut pas dire ça, c'est n'importe quoi !

Sara n'avait pas bougé. Son regard s'était fait encore plus perçant. C'est comme si elle scrutait chaque recoin de mon visage, chaque détail. Comme si elle voulait aller plus loin. Chercher ce qu'il y avait en moi.

Pascal s'est redressé.

— En fait, je ne suis pas contre.

Sara ne s'est pas retournée. Elle n'a même pas cillé. Elle a continué son inspection.

— Je me suis vengé, a enchaîné Pascal. C'est bon, on a réglé notre affaire. On est à égalité. Mais je ne partage pas les bonbecs avec lui. Y a des limites.

Voir le visage de Sara de si près était étrange. Sa peau labourée me paraissait fragile. J'ai vu palpiter au niveau de sa tempe une petite veine bleutée, perdue dans les sillons écarlates de sa chair.

— D'accord.

— D'accord quoi ? ai-je demandé.

Ses yeux dans les miens. Le feu.

— Je suis d'accord. Il peut rester avec nous, Rémi Machin. On va voir s'il est aussi beau à l'intérieur qu'à l'extérieur. C'est pas gagné.

# - 16 -

# It's a kind of magic

## 1986, Queen

*I'am hearing secret harmonies...*

Sara Wolkowit me trouvait beau.

Ça m'avait séché sur place.

C'était la première fois que quelqu'un me faisait ce compliment – à part ma grand-mère, qui m'avait toujours trouvé le plus magnifique, le plus parfait des petits-fils. Son point de vue ultra-objectif ne m'avait jamais convaincu. Plus elle en rajoutait, plus je doutais de son affirmation.

Mon père aussi devait me trouver beau. Peut-être... Je pense que, quand on est parent, on ne peut pas poser sur ses enfants un regard neutre. Qui peut penser que son enfant, la chair de sa chair, est moche ? Le pouvoir de l'amour... Mais il était plutôt avare en compliments, mon père.

J'ai soigneusement évité Sara.

Je me suis installé à côté de Maxime et il m'a montré ses bandes dessinées, bien évidemment. Pascal a fini par me passer un rouleau de réglisse, juste parce qu'il ne l'appréciait pas et qu'il en avait trop. C'était un beau geste. Même si je ne raffole pas de la réglisse moi non plus, je me suis forcé en rajoutant des : miam, hum, super, j'adore.

Nous ne sommes pas restés ensemble longtemps, il était tard.

Je suis remonté chez moi avant le repas du soir, en même temps que les sept autres. Ils traînaient des pieds et j'ai réalisé qu'ils allaient regagner le self de l'hôpital, en compagnie des autres patients, puis leurs chambres respectives. La nuit était lourde, un couvercle sur les petites angoisses, que même le partage des bonbons n'avait pas réussi à soulager. Adonis a été le dernier à sortir de la cabane. Il était le chef des clefs. C'est lui qui portait la responsabilité de refermer derrière lui en vérifiant que les lumières étaient éteintes. Il m'a expliqué tandis que nous remontions l'allée que le petit chalet en bois était considéré comme un lieu thérapeutique par l'équipe soignante. Un endroit où les jeunes pouvaient se retrouver, en dehors de la structure médicale. Une sorte de bulle réservée aux jeunes.

Du bas de l'escalier menant à l'appartement, j'ai senti une bonne odeur de plat en train de mijoter. De doux effluves semblaient provenir de notre étage. En face de nous, sur le même palier, se trouvait le logement de l'adjoint du directeur et sa femme. M. Moulineaux et madame. Un couple plutôt âgé et discret qu'on croisait très rarement. Cela ne provenait pas de chez eux. Mais de chez moi ? Impossible !

La porte était entrebâillée, comme si mon père l'avait laissée exprès entrouverte, afin que l'odeur m'attrape, me saisisse et me mène jusqu'à lui.

De la cuisine ont émergé des bruits étranges, des grésillements, des tintements, des frétillements, des glougloutements, toute une symphonie attirante et curieuse que je n'avais jamais entendue. Mon père s'y trouvait. Il avait noué une serviette de bain sous ses aisselles, maintenue par des pinces à linge en bois. Son tablier improvisé. Dans sa main, une longue cuillère aussi en bois et, au coin de ses lèvres, des traînées de sauce. Il m'a souri.

Pour la deuxième fois de la journée, j'ai été cueilli sur place.

Un vrai sourire.

J'ai accepté sans poser de questions. Son plat hyper bien réussi – un *ossobuco alla milanese,* m'a-t-il expliqué. La magnifique table dressée dans le salon, avec des serviettes en tissu, des verres à pied en cristal sortis d'on ne sait où. La nappe blanche parfaitement bien repassée. Les bougies rouges. La classe.

Il m'a servi deux gouttes de son vin italien préféré, un *prosecco* un peu rosé, pétillant comme du champagne, et nous avons trinqué. À notre santé. À la vie. À la paix sur la Terre.

C'était tout simplement délicieux. Je n'ai pas pu m'empêcher de le lui dire. Il était assis en face de moi. La bougie éclairait son visage, les flammes dansantes se reflétaient dans ses yeux. J'ai remarqué les rides qui se formaient quand il les plissait. Et celles qui encadraient sa bouche. Les cheveux gris se faisaient plus nombreux, surtout au-dessus de ses tempes. Au lieu de me remercier pour mon compliment, il s'est renfrogné. Il jouait avec une boulette de mie de pain qu'il avait formée. Une vieille habitude. Dont il n'avait sans doute pas conscience. Il faisait rouler la petite boule entre ses doigts.

— Tu sais...

Il avait commencé sa phrase et l'a laissée en suspens. J'ai pensé qu'il avait peut-être trop bu, qu'il était fatigué. Il a redressé la tête.

— Croise ton index et ton majeur.

J'ai dû avoir l'air étonné.

— Allez, fais-le, Rémi. Croise ton index et ton majeur.

J'ai obéi.

— Quand tu passes la boulette de mie de pain sous la pulpe de tes doigts, tu te rends compte de quelque chose.

Elle était parfaite, la bille que mon père avait fabriquée, et elle a roulé sous mes doigts. À ma grande surprise, j'ai eu l'impression d'en toucher deux. J'ai vérifié. Il n'y en avait toujours qu'une seule. J'ai recommencé et le phénomène s'est répété. Deux boulettes de mie de pain.

— C'est le cerveau qui te trompe. C'est fantastique, n'est-ce pas? Ta vue te donne une information, et tes connexions neuronales, une autre.

J'ai posé une question sans réfléchir.

— C'était qui, la femme, à midi?

— Tu nous as vus.

— C'était comme si tu avais calculé l'angle, papa. Sous la fenêtre du salon.

— Tu aurais pu être en train de dormir.

J'ai fait tourner la mie sous mes doigts. Une boule. Deux boules.

— Elle est dans mon service. Sa convalescence se passe très bien. Elle ne souffre plus trop de son amputation et...

— Je m'en fiche de son état de santé. Je ne veux pas un compte rendu détaillé de son bilan hépatique ou de sa ponction lombaire.

Il a soupiré et a passé la main dans ses cheveux.

— Et je m'en fiche d'elle. Tu peux rire avec qui tu veux, papa. Rire, parler, danser. Tout. Ce que tu veux. Je n'imagine même pas. Ce ne sont pas mes affaires. Et tu n'as pas à te faire pardonner après.

— Tu crois que ce repas, ce sont des excuses.

— Je crois que tu ne m'as jamais préparé un truc pareil. À la réflexion, tu peux en faire tous les jours. Enfin, pas un *ossobuco alla milanese* tous les jours. À force, on finirait par s'en dégoûter, de l'*ossobuco alla milanese.* Non, si tu aimes l'Italie, les pâtes à la carbonara ou à la bolognaise.

— Tu crois que je suis un mauvais père, Rémi ?

Cueilli pour la troisième fois de la journée.

— Je voudrais que tu me parles de maman, ai-je fini par dire.

Ni oui. Ni non.

Il a levé son verre et son sourire m'a fait de la peine.

— À nous !

Et il l'a vidé d'un trait.

# - 17 -

## Antisocial

**1980, Trust**

*Tu masques ton visage en lisant ton journal...*

Le sujet de ma mère était décidément bien tabou. Mon père m'a envoyé au lit après le dessert. Une mousse au chocolat fabuleuse. Moi qui croyais qu'il était nul en cuisine, je me trompais lourdement.

Il a quand même essayé d'en parler. Le pauvre. J'ai bien vu que ça lui était difficile.

Il m'a raconté que, la veille de son accouchement, ils s'étaient entraînés à faire le chemin pour se rendre à la clinique, à plusieurs reprises. Ils se disaient que, pris par le stress, ils ne sauraient plus s'y rendre. Du coup, ils maîtrisaient le parcours à la perfection. Mon père était censé conduire avec prudence et sang-froid. De jour. Mais à partir de la seconde où elle a perdu les eaux, vers minuit, mon père, lui, a perdu le sens de l'orientation. Ils ont erré dans la campagne. La voiture n'était pas encore équipée de GPS et leurs téléphones non plus. Les contractions de ma mère se rapprochaient. Elle s'imaginait déjà en train de pousser, encadrée d'un côté par un champ de céréales, de l'autre par une vache insomniaque. Mon père lui disait : « J'ai déjà pratiqué sur de nombreuses femmes, ne t'inquiète pas. » Elle savait que c'était faux, qu'il voulait la rassurer et qu'à la limite, il avait peut-être de l'entraînement, mais donner naissance à son propre enfant, ce n'était pas la même chose que de délivrer une inconnue. Sans matériel. Sans hygiène. Dans la bouse et le froid.

Ils ont fini par retrouver le bon chemin. Je suis né assez vite, un gros pépère tranquille, qui ne pleurait pas beaucoup.

— Elle était si heureuse de te tenir dans ses bras. On ne savait pas encore qu'il fallait profiter de tous les instants. Que sa schizophrénie venait juste de pointer le bout de son nez.

J'ai failli demander : à cause de moi ? À cause de ma naissance ? C'est ce que tu penses ?

Je me suis tu, avec mes doutes.

J'ai rêvé de champs infinis, de vaches et de chemins égarés.

Dans le bus, le lendemain, je me suis assis à côté de Pascal. Clotilde et Millie étaient devant nous. Elles se sont retournées souvent en gloussant. Millie a fait glisser ses doigts à travers l'espace laissé entre les deux sièges et les a agités. Je les ai touchés. Elle a ri. Clotilde aussi. Les autres élèves ne nous calculaient pas. Du coup, je ne me suis pas senti gêné.

Sara était installée devant, avec Adonis. Elle m'avait à peine salué, à l'arrêt de bus, mais je ne m'en étais pas formalisé.

À la descente, Adonis m'attendait. Il m'a serré la main pour me souhaiter une bonne journée. Deux autres élèves patientaient, un peu plus haut. Deux garçons. Des secondes comme lui, sans doute. À ma grande surprise, Sara est restée à mon niveau. Juste avant de franchir le portail du collège, elle s'est adressée à moi :

— Tu vas m'assumer ?

— Pardon ?

— C'était bien joli, ce qui s'est passé hier. Machin au pays du bonheur. Mais tu vas pouvoir tenir jusqu'au bout ?

— Oui, j'ai répondu.

Je n'ai pas trop bien compris ce qu'elle entendait par « Tu vas m'assumer ».

J'ai eu droit à tous les tests possibles. Pas qu'un seul jour. Toute la semaine.

Première épreuve : dans la salle de classe, elle demande à Basile, mon voisin, un petit sympa qui porte toujours le même blazer, de lui laisser sa place. Grand sourire de Basile. Grimace de ma part.

— Avec plaisir !

— Plaisir partagé, je réponds.

Pendant le cours, elle se penche vers moi. Son épaule contre la mienne. Elle dessine sur mon cahier. Pouffe de rire, en rajoute des tonnes dans l'exhibition de notre complicité. Le prof d'histoire nous fixe. J'assume. Le petit jeu recommence en français. La prof nous demande de nous calmer. Un rien l'énerve, celle-là. En maths, le prof ne remarque rien. Il est miro et sa classe est une jungle. Sara m'envoie des messages qu'elle fait passer par tous les élèves. Quand je les ouvre, j'y trouve des petits dessins de soleil, de lune, d'étoiles. Aucun cœur. Elle n'oserait pas.

Deuxième épreuve : en EPS, elle me colle. Partout où je vais, elle me suit. Les filles de la classe commentent derrière notre dos. Clara, celle qui m'aime bien, me lance de drôles de regards. Je ne cherche pas à les interpréter. Je dois faire mes preuves. Je suis courageux. On s'entraîne à la course d'endurance, je m'adapte au rythme de Sara. Grand seigneur, je ralentis quand elle s'essouffle, ce qui arrive très vite. Elle a sa casquette enfoncée sur son crâne et se contente de marcher vite, droit devant. Sa respiration est bruyante. À la sortie des vestiaires, elle m'attend. Elle a dû se dépêcher pour se changer. J'ai l'impression que tout le monde nous observe. Sur le chemin du retour, elle m'attrape au niveau du coude.

— C'est la honte de se donner la main !

— Tu me donnes pas la main, je te tiens par le bras, ce n'est pas pareil. Assume, Machin. Jusqu'au bout.

Troisième épreuve : à la cantine, elle nous fait asseoir tous ensemble, Pascal, Millie, Clotilde, elle et moi. À la même table. Tous les jours. Elle parle fort pour que tout le monde nous remarque. Millie lui répond dans son langage particulier. Clotilde rit. Nous ne passons pas inaperçus. Le jeudi, le même imbécile qui s'était moqué de Pascal dans le bus tombe dans le piège.

— Putain, dit-il, le club des monstres.

Il prononce ces paroles en passant à côté de notre table. Sara me jette un de ces fameux regards qui pourraient déraciner un chêne rien que par la pensée.

Il s'appelle Erwann, cet idiot. Il ne sait pas qu'il n'est qu'un appât et que je suis le poisson censé le gober. Allons-y pour une partie de pêche. Je recule ma chaise lentement et je lui demande en prenant un ton relativement modéré de répéter ce qu'il vient de dire.

Il est plus grand que moi. Je remarque que ses cheveux sont gras, et son cou, constellé de boutons rouges.

— Qu'est-ce que tu fabriques là, mec ?

— Comment tu les as appelés ?

— Les monstres.

Pascal se tasse, Millie baisse la tête et Clotilde se lève avec son plateau pour le rapporter sur le tapis roulant. Sara attend.

— Tu t'es vu ?

Il a l'air surpris, Erwann. Il faut dire que ce n'est pas la réplique du siècle. Je dirais même que, si j'étais un juge de répliques, je m'attribuerais un pauvre deux sur vingt. Sara étouffe un petit rire.

— Et toi, tu t'es vu ?

La pauvreté de notre échange est pathétique. Il a l'air de réaliser, Erwann, parce qu'il laisse tomber et rejoint ses copains à leur table. Ils commentent en nous lançant des regards mauvais. Je me tourne vers Sara. Elle n'est plus là.

Quatrième épreuve : dans le bus, elle s'assoit à côté de moi. Elle m'empêche de mettre mon casque. Et me tend une des oreillettes branchées à son téléphone.

Je refuse. Elle insiste. Je râle. Elle ne renonce pas. J'utilise mes derniers arguments :

— C'est de la torture, de l'acharnement.

Elle balaie mes protestations d'un revers de la main.

La musique me surprend. C'est du rap. En français. Ce n'est pas ce que j'ai l'habitude d'écouter. La musique est importante dans ma vie. Elle la ponctue. Elle l'accompagne. Elle la nourrit. Celle des années quatre-vingt. Que je connais par cœur. Qui me rassure. M'endort. Me permet de me lever.

Très vite, je lui rends son oreillette. Je ne passe pas cette épreuve.

Mon vieil écouteur. Les paroles d'*Antisocial* déferlent. Sara a l'air déçue, mais elle n'insiste pas et me laisse coller mon front contre la vitre.

J'avais passé une semaine à affronter les épreuves de Sara, tel Hercule et ses douze travaux. Je me sentais un peu différent. Je n'avais rien compris.

# - 18 -

## Les histoires d'A.

**1986, Rita Mitsouko**

*Les histoires d'amour finissent mal, en général...*

Nous étions à l'arrêt de bus, Sara et moi. Personne d'autre. Que les arbres. Le vent. La courbure des branches, le silence des bosquets et sans doute les sangliers que je n'avais toujours pas aperçus mais qui devaient encore nous observer, goguenards, bien planqués à l'abri derrière les broussailles. Ce temps d'hiver semblait s'éterniser, nous enliser dans sa mélancolie terne.

Moi, les mains dans les poches, elle, les yeux masqués par sa casquette. Un sale jour, une sale humeur.

Je la sentais fulminer. Quand elle n'était pas bien lunée, c'était comme si le monde entier devait en payer le prix.

Pas envie de me frotter à Wolkowit. Dans une vie antérieure, elle avait dû être un hérisson. Elle en avait gardé les piquants, le réflexe de se rouler en boule à la moindre contrariété.

Au loin, aux abords de l'hôpital, j'ai aperçu la silhouette d'Adonis, suivie des trois petits. Ils se dirigeaient vers nous. *Ouf,* j'ai songé, *la tension va sans doute descendre d'un cran.* Nous allions être plusieurs à partager la furie de Sara. Je l'ai entendue bougonner. Puis elle s'est mise à marcher à grandes enjambées, dans la direction opposée à celle du collège.

— Oh, Sara !

Elle n'a pas fait mine de m'entendre.

— Sara, qu'est-ce qui t'arrive ?

Je me serais bien contenté de m'asseoir dans le bus, de laisser filer la journée sans chercher noise à quiconque, en mode discrétion absolue, tranquillité totale. Le dos de Sara, sa nuque fragile, ses épaules baissées...

— Attends-moi !

Elle a poursuivi sa route, têtue, silencieuse, tête baissée, un bulldozer de hargne. Je l'ai suivie. Pas encore huit heures du matin et j'étais déjà collé au train de Sara, tentant de garder un semblant de dignité dans cette course effrénée. Je l'ai rattrapée parce qu'elle ne pouvait pas tenir le rythme. Je crois que l'état de ses poumons était lié à ses blessures. Elle n'évoquait jamais son accident. Ses brûlures. Ce qui lui avait dévasté le corps.

— Qu'est-ce qui t'arrive ?

Je l'ai attrapée par le bras pour la forcer à s'immobiliser. Elle a levé la tête pour me regarder. Ses yeux brillaient, mais pas de colère. Une douce lueur, comme un feu vacillant.

— Depuis quand tu t'intéresses aux autres ?

— Depuis toujours !

— Jamais ! Tu ne poses jamais de questions, tu ne veux pas savoir nos histoires, c'est comme si on était rien pour toi.

J'ai tenté de trouver dix-mille phrases parfaites exprimant mon désaccord. Puis j'ai réfléchi. Elle avait raison.

— C'est vrai, ai-je dit.

Ma réponse lui a coupé la chique.

— Viens, on sèche les cours. On s'en va. On part dans la forêt, on disparaît. On les laisse tous, les gens, les médecins, les parents, ceux qui nous veulent du bien, les amis. Viens, on dégage, qu'ils se débrouillent sans nous. Qu'ils nous oublient.

De la tristesse, dans ses yeux. Une vague immense et l'eau au bord de ses cils.

— Tu ne me supporterais pas plus de dix minutes, Sara, ai-je tenté de fanfaronner.

— C'est pas faux.

Elle a poussé un soupir.

— Parfois, j'en peux plus. Ce n'est pas juste. Zoé se fait opérer bientôt. C'est la première d'une longue série d'interventions. Elle est terrifiée. C'est pour ça qu'elle ne vient pas en cours. Elle est trop angoissée. La seule façon qu'elle a d'affronter sa peur, c'est les gros mots que Maxime lui a appris. En catalan. C'est comme ça qu'elle chasse la peur. En gueulant des insultes dans une langue étrangère. Maxime les lui fait répéter en boucle depuis plus d'un mois. Ce matin, elle est entrée dans ma chambre et elle m'a confié sa peluche. Un dauphin bleu. Pour que je m'en occupe si jamais elle crevait. C'est pas juste !

Elle s'est tue. Son regard s'est dirigé vers le groupe qui nous attendait à l'arrêt de bus, un peu inquiet, sans doute aux aguets de nos mouvements.

— C'est pas juste ! Tu savais qu'Adonis, avant d'être défiguré, il était le plus beau de tous les mecs ? Tu aurais été jaloux. Ce n'est pas pour rien qu'il s'appelle Adonis. Il avait une copine. Genre, la fille, tu peux pas t'imaginer plus canon. C'est son frère qui m'a tout raconté. La fille, elle s'appelle Annelise et elle a écrit une lettre à Adonis, il y a quelques jours. Sauf qu'il refuse de la lire. Il a peur, il dit. Il ne veut pas savoir ce qu'elle pense, il ne veut pas de sa pitié, de ses regrets, de son renoncement. Et c'est pas juste.

— Je comprends...

— Et il ne parle jamais de cette histoire, d'Annelise, mais je le vois bien qu'il y pense et que c'est pire que tout, cette lettre et ce silence et moi, je n'en peux plus.

— Oui...

— Et Millie ne parlera jamais normalement. C'est pas juste !

— Possible.

— Et Maxime va rester toute sa vie coincé dans son fauteuil à insulter en catalan les médecins qui vont l'opérer.

— C'est pas juste.

— Et Clotilde va rester avec sa moitié de visage mort.

— Et Pascal n'aura jamais de bouche, ai-je renchéri.

— Et Zoé restera sans nez.

— Et toi ?

— Quoi, moi ?

— Toi, qu'est-ce qui va t'arriver ?

Elle n'a pas souri.

— Moi, je vais finir dans une cage, à faire le tour des fêtes foraines et on m'appellera la Bête humaine et les gens paieront pour me lancer des cacahouètes à travers le grillage pour me faire changer de position et je leur cracherai dessus et ça sera l'attraction du siècle.

— Je te promets, je t'apporterai du chocolat. C'est mieux que les cacahouètes. Ce sera plus juste.

— Ce n'est pas drôle.

Au loin, le bus a fait son apparition. Adonis a levé sa main droite, pour nous appeler. Je ne distinguais pas vraiment son visage, mais toute son attitude exprimait son anxiété.

— Qui va s'occuper du dauphin de Zoé, si tu disparais dans la forêt ?

Elle a haussé les épaules.

— Qui va se préoccuper des autres et faire semblant de s'en moquer et continuer à croire que personne ne voit clair dans son petit jeu ?

Elle m'a lancé son regard si particulier, un peu moqueur, un peu brillant.

— Qui va continuer à m'appeler Machin alors que c'est le surnom le plus dégradant qu'on puisse imaginer ?

Je l'ai sentie hésiter. Elle a piqué du nez, offrant à ma vue le haut de sa casquette. Sa tactique habituelle.

— Qui va me pourrir la vie en me faisant passer des épreuves au collège comme si c'était le but de ma vie, passer des épreuves au collège ?

— Moi, elle a murmuré.

Elle s'est dirigée vers l'arrêt, le bus nous attendait et quand elle s'est retournée pour me faire signe d'avancer, j'ai compris que la journée n'allait pas être si pourrie.

# - 19 -

## Putain de camion

**1988, Renaud**

*Sous un soleil qui brille moins fort et moins loin...*

— Racontez-moi, j'ai demandé.

Parce que je voulais comprendre. Et que Sara avait raison, je n'avais pas osé interroger les autres sur leurs accidents, par pudeur, par ignorance. Par peur de leur faire de la peine avec des questions qui allaient remuer des souvenirs, des souffrances.

Il était temps de m'y mettre.

J'avais commencé par Zoé, qui m'avait tout confié en chuchotant, comme si parler à haute voix pouvait se révéler dangereux.

Elle adorait Babar, le chien de ses voisins. Un animal qui s'appelait Babar ne pouvait pas être une vilaine bête et ses maîtres juraient qu'il avait toujours été doux, obéissant et qu'il adorait les enfants. Ce qui était vrai.

Jusqu'au repas de la fête du quartier.

Elle s'était avancée vers lui. Les adultes parlaient et riaient, et elle avait eu envie de partager sa joie. Faire un câlin au passage à Babar puis retourner jouer. Elle a approché sa tête de celle de Babar, qui n'a pas reculé. Et sans prévenir, sans grogner, il a ouvert sa gueule en grand et il a accroché son visage. Il y a planté ses crocs. C'est le mot, il l'a croqué. Et il lui a bouffé le nez. Il l'a fait disparaître. Zoé n'a rien vu. Ni le sang qui coulait, ni la foule qui se pressait autour d'elle. Il ne voulait pas la lâcher. Elle était dans sa gueule. Comme si elle avait disparu entièrement, qu'il l'avait avalée.

Quand enfin on les a séparés, elle a posé ses mains sur son visage, sûre que le monstre lui avait tout pris mais ses yeux étaient là, sa bouche, ses joues et son front aussi. Puis elle a touché son nez et elle n'a rien senti. Elle s'en souvient très bien. Plus loin, sur le trottoir, Babar était assis sur son arrière-train. Il avait du sang plein la gueule. Il la fixait. Il était peut-être aussi étonné qu'elle, mais elle n'en était pas sûre, et très vite l'ambulance était arrivée.

Je l'ai remerciée pour cette confidence. Elle a glissé sa main dans la mienne.

Clotilde avait refusé d'entrer dans les détails de son accident, mais j'ai compris qu'elle avait reçu de l'huile bouillante d'une friteuse renversée sur toute la moitié de son corps à l'âge de trois ans. Elle m'avait fabriqué un bracelet brésilien et me l'a attaché autour du poignet. Décidément, elle m'aimait bien... Je lui ai déposé une bise de chaque côté de son visage.

Maxime m'a expliqué qu'il était né avec sa malformation, tout comme Millie et Pascal. Sauf que lui, c'était une maladie génétique évolutive et les médecins avaient prévenu ses parents : il allait perdre la mobilité de ses membres, lentement mais sûrement. Son corps allait se refermer sur lui, jusqu'à étouffer son cœur. Voilà.

J'ai pensé à ce que clamait Sara : « Ce n'est pas juste ! »

Nous étions dans la cabane, Adonis et moi. Les petits avaient suivi Sara, sans doute vers la cuisine centrale pour tenter de récupérer des madeleines. Les fameuses madeleines industrielles sous vide dont nous raffolions tous...

Adonis s'est installé dans le canapé, sa position préférée, les jambes repliées sous lui.

— Raconte-moi...

Il a un peu hésité avant de se lancer :

— C'est mon frère Arthur qui conduisait la voiture, avec une grande prudence. Il venait tout juste d'avoir le permis. Dans la famille, c'est lui qui est réputé pour sa sagesse et sa patience, sa gentillesse, son sens de l'humour. La perfection incarnée.

Il narrait l'histoire avec un ton complètement détaché, comme si elle ne le concernait pas.

— Moi, sérieux, je n'étais pas parfait. Je faisais les quatre-cents coups. Je fumais en douce, je ne travaillais pas trop au bahut et avec les filles... Oui, les filles m'aimaient bien. Et il y avait Annelise, dans ma classe, et tous les deux on se tournait autour sans pour autant franchir le premier pas. À se taquiner, à s'envoyer des vannes, des textos, des regards, et je savais qu'avant la fin de l'année on allait sortir ensemble et que peut-être j'allais vivre ma première grande histoire d'amour. Je ne voulais pas foncer, pas me dépêcher. Je savourais. C'était le genre de fille dont on tombe amoureux pour la vie...

Il s'est interrompu. J'ai senti que son détachement était feint.

— Mon frère était allergique. C'était le mois de mai et l'air était chargé de pollen. Il éternuait sans cesse, ses yeux se remplissaient de larmes, son nez rougissait d'irritation à force de se moucher. Mais mon frère affirmait que ce n'était pas un rhume des foins qui allait nous empêcher d'aller à un concert. On avait branché la musique à fond et ça sonnait dans la caisse comme si on était dans la fosse de la salle. Quand j'ai vu le camion arriver en face de nous, sur la départementale un peu étroite, j'ai pensé qu'il était gros. Un énorme camion rouge. Je crois que j'ai eu un pressentiment.

Il s'est interrompu de nouveau et a poussé un soupir avant de reprendre :

— Arthur a éternué. Il a fermé les yeux. Un réflexe. C'est prouvé, on ne peut pas éternuer en gardant les yeux ouverts. Il a eu un spasme, sa main droite a poussé le volant à gauche. Le chauffeur du camion a tenté d'éviter notre voiture qui fonçait vers lui. C'était trop tard. J'avais les yeux grands ouverts. Je me souviens de tout. Avec précision. On a quitté notre voie, dix mètres avant le véhicule. On s'est encastrés dans la cabine. De travers. Mon côté. La place du mort. Il a fallu deux heures pour me désincarcérer de la tôle compactée.

Il a passé sa main sur le bas de son visage, un geste dont il n'a sans doute pas eu conscience.

— Je déteste mon prénom. Ils ont été bien inspirés, les parents. C'est trop con de s'appeler comme le beau gosse de la mythologie, alors que je vais me trimballer toute ma vie avec la tête de Quasimodo. Quasimodo Delgado, ça m'irait parfaitement. Je vais juste me trouver une cathédrale pour sonner les cloches en solitaire.

Les autres ont débarqué, bruyants, joyeux, les bras chargés des madeleines qu'ils avaient dû piquer dans la réserve du chef. Je n'ai pas osé évoquer la lettre. C'était trop délicat.

# - 20 -

## Quelques mots d'amour

**1980, Michel Berger**

*Il manque quelqu'un près de moi...*

Deux jours avant son opération, Maxime était en pleine forme.

Depuis le temps qu'elle était prévue, cette chirurgie... La date était enfin tombée. C'était censé être une opération de routine. Je n'avais pas saisi grand-chose aux explications, mais apparemment un de ses poumons se trouvait compressé. Il fallait dégager une protubérance osseuse qui poussait de travers, l'oppressait et rendait sa respiration pénible.

N'empêche que cela ne se voyait pas trop. Il savait donner le change, Maxime. C'était un petit garçon courageux. S'il souffrait, il ne se plaignait pas. Je l'avais souvent croisé avec un tuyau dans le nez, relié à de l'oxygène, coincé derrière son fauteuil pour qu'il puisse se déplacer. Il parvenait à nous faire oublier le son rauque de sa respiration. Comme si c'était normal qu'à huit ans, on prenne en charge l'inquiétude des autres.

La veille de son départ, nous nous étions tous donné rendez-vous dans le chalet. Adonis avait attrapé un rhume et portait un masque pour ne pas contaminer le futur opéré. Il était impératif qu'il ne soit pas malade. Une des infirmières, la plus sévère, Séverine, avait même refusé qu'il sorte de sa chambre. C'était prendre un risque. Elle lui avait intimé l'ordre de ne pas bouger, de rester tranquillement couché dans son lit. Sara et moi, nous l'avions exfiltré comme des pros, en toute discrétion. Son fauteuil roulant était recouvert de trois couvertures récupérées dans une chambre où un vieux monsieur faisait une sieste, à l'étage inférieur. Nous entendions Maxime glousser sous le camouflage improvisé, sans doute l'aventure la plus drôle qui puisse lui arriver. La fameuse infirmière se trouvait pile au bout du couloir à traverser et nous avons ralenti, pour qu'elle ne s'aperçoive de rien. Son regard s'est appesanti sur nous. Sara a attrapé mon bras et l'a placé autour de sa taille. Puis elle m'a poussé contre le mur en chuchotant :

— Tactique de diversion.

Elle était proche, bien trop proche. La visière de sa casquette masquait son visage. J'ai senti sa poitrine contre la mienne. Mon corps s'est trouvé traversé par un courant électrique fulgurant. Mon souffle s'est coupé. Quand elle s'est détachée de moi, j'ai lu dans ses yeux ce mélange de moquerie et de sérieux qu'elle seule pouvait arborer.

— Comment elle nous a matés, l'infirmière ! Elle n'en revenait pas ! Du coup, enfumage total ! J'ai vu ce truc dans un film de guerre. Pour ne pas se faire fouiller par la Gestapo, à la sortie du métro, un couple s'embrasse. Ils passent inaperçus, les soldats ne les interrogent pas.

— Sauf qu'on n'est pas un couple.

Elle m'a pincé.

— Aïïïeuuuuuh....

Elle a susurré :

— Caillou, nez, crâne fracassé, pourrir dans la forêt... Fais gaffe à toi.

Sous ses couvertures, Maxime a ri.

Nous avons rejoint les autres dans la cabane et installé Maxime sur des coussins entassés par terre. Nous étions tous assis autour de lui en tailleur. Un cercle parfait.

Sara avait inventé un rituel et Pascal m'avait expliqué les règles du jeu : avant chaque passage sur le billard, celui qui allait se faire opérer devenait le roi ou la reine de la cabane. Un de ses désirs, de ses ordres, de ses souhaits devait être exécuté sans que personne puisse s'y soustraire ou s'y opposer. Une sorte d'action ou vérité version je-vais-me-faire-charcuter-demain-vous-avez-intérêt-à-faire-ce-que-je-veux.

Pascal m'avait confié que la dernière fois, il avait exigé qu'on lui trouve de la glace à la fraise. Le self était fermé. Les sept membres de l'équipe s'étaient introduits en douce dans la cuisine – qui décidément était une passoire. Dans le congélateur, ils n'en avaient pas trouvé. Ils avaient dû supplier Mme Bourdon, la concierge, de les amener en voiture jusqu'à la grande surface la plus proche pour en acheter. Leur argument suprême avait été qu'on ne savait pas comment l'opération allait se passer. Qu'un problème pouvait toujours survenir, on n'était à l'abri de rien. Présenté de cette manière, la pauvre Mme Bourdon n'avait pu envisager une seule seconde d'avoir à frustrer Pascal de son dernier souhait. Elle avait embarqué la troupe entière dans son break. Deux dans le coffre, quatre à l'arrière, le héros du jour à ses côtés. Ils s'étaient empiffrés de glaces à l'italienne dans les allées du centre commercial.

C'est fou, à la veille d'une opération, les allées d'un centre commercial peuvent se révéler être l'endroit le plus fabuleux du monde.

Maxime avait le visage un peu rouge, mais j'ai pensé que c'était l'excitation qui lui donnait des couleurs. Son bras droit était maintenant complètement replié, tordu, vrillé sur lui-même et reposait, inerte, sur son ventre.

Un bout de sa langue réapparaissait au coin de sa bouche.

Son œil droit avait gonflé et son arcade sourcilière semblait s'avancer comme pour le recouvrir.

Il y a un mois, je l'avais trouvé abominable.

Sara a pris une banane. Elle s'est éclairci la voix et a adopté un ton solennel :

— Bon, tu sais comment ça fonctionne, Maxime. Tu exprimes ton souhait à haute et intelligible voix, et nous autres, pauvres esclaves de ta volonté suprême, nous devons tout faire pour le réaliser. Je rappelle certaines règles de base : pas de sexe...

— Sara, il a huit ans.

Elle a ignoré l'interruption d'Adonis.

— Je disais : pas de sexe, pas de violence, pas d'actes irréalisables ou utopiques du genre sauver l'humanité, vaincre la famine ou rendre Rémi un peu moins bête.

— Merci, Sara.

— De rien, Machin.

— Est-ce que tu as bien compris les règles du jeu, Maxime ?

Elle lui a tendu le micro officiel. Le petit a essayé de se redresser, fier de cette attention. Ses yeux brillaient.

— *Yes,* a-t-il dit.

— *Yes,* ce qui signifie oui, a commenté Sara. Je traduis, au cas où...

Clotilde et Millie ont pouffé de concert.

— Alors, à présent, jeune messire, vous pouvez vous adresser à la populace afin qu'elle accède à vos désirs.

Les rires ont recommencé, même celui de Zoé, qui laissait entendre un son fluet derrière sa main.

Maxime, sur son fauteuil, ne ressemblait plus à un petit garçon malade, condamné à souffrir. Son dos était plus droit, sa main gauche ne tremblait plus. Il n'était pas laid, non, la laideur, ce n'était pas ça. Il fallait trouver un autre mot ou penser différemment. C'était injuste. J'ai eu envie de me lever pour le serrer dans mes bras mais je me suis retenu. Sara se serait moquée.

— J'ai beaucoup réfléchi, a commencé Maxime.

— C'est une bonne chose.

Sara ne pouvait pas s'empêcher d'intervenir. Zoé lui a mis la main sur la bouche, ce qui nous a tous fait rire vu les gros yeux qu'elle a faits, sous sa casquette inamovible.

— Toutes les idées qui me sont venues… je vous jure, je ne croyais pas que j'avais envie d'autant de trucs. J'ai pensé d'abord vous demander de me faire des chamallows grillés au feu de bois, comme si on faisait du camping. Je n'ai jamais campé de ma vie.

— Super idée, s'est exclamée Clotilde, qui adorait les bonbons.

— Après, je me suis dit que piquer le stéthoscope du docteur Muller, ce serait pas mal. Elle est sympa mais, à chaque fois qu'elle le pose dans mon dos pour écouter mes poumons, elle oublie de réchauffer la plaque. C'est hyper horrible !

Millie a approuvé en hochant la tête.

— Après, j'ai pensé à un poisson rouge. Je rêve d'avoir un aquarium. Elle est trop petite, ma chambre, et je ne sais pas si j'ai le droit, mais j'aurais aimé avoir un poisson rouge dans un bocal.

Nous nous sommes regardés. Dans ma tête, déjà, je cherchais des solutions pour trouver un poisson rouge. Demander à mon père de nous emmener dans une animalerie, ou, s'il n'était pas libre, user de trésors de diplomatie pour convaincre de nouveau Mme Bourdon.

— Il y a un seul truc qui me ferait vraiment plaisir.

Il s'est tu quelques secondes et son regard a croisé le mien.

— Mais je ne sais pas si j'ai le droit de le demander. Je ne sais pas si c'est bien. Je ne sais pas si tu voudras bien le faire.

Il s'adressait à moi. Je lui ai souri pour l'encourager, mais mon cœur s'est serré.

— Ta musique...

Quitter le cercle. Les laisser avec leurs rituels morbides.

— Je voudrais que tu me la fasses écouter.

Mon Walkman était dans ma poche. Bien sûr. Toujours. Et mon casque était posé au sol. Je n'aimais pas trop le contact du fer quand je le laissais autour de mon cou. J'ai regardé autour de moi. Adonis avait baissé la tête, Pascal jouait avec une petite balle de ping-pong qu'il faisait rouler au sol. Zoé se rongeait les ongles. Clotilde et Millie chuchotaient. Seule Sara me fixait. Et ce n'était pas une lueur de défi que j'ai vue dans ses yeux.

Elle ne pensait pas : Tu es un blaireau, Machin !

Pour la première fois, j'ai lu de la douceur dans son regard.

Je me suis raclé la gorge et j'ai attrapé mon baladeur.

— Quelle année tu veux, Maxime ?

Il a été surpris par ma question.

— Entre 1980 et 1989. Tu as le choix. J'ai dix cassettes. Si tu veux, je peux aller les chercher dans ma chambre.

— Ce que tu écoutes aujourd'hui. Ça m'ira.

C'était la toute première des cassettes. Ma mère a neuf ans. Presque l'âge de Maxime. Son *un, deux, trois*, elle le prononce d'une petite voix timide et appliquée. Sur la face B, elle respire un peu fort. On l'entend bien, comme si elle se trouvait à côté de nous.

Je n'ai pas prévenu Maxime, je l'ai laissé découvrir. J'ai posé mon appareil sur ses genoux. Mon casque était un peu trop grand, j'ai resserré les branches. Et je lui ai montré les touches. *Play*. *Stop*. Surtout, ne pas appuyer sur *Rec*. *Pause*, non plus, parce que je m'en méfiais, ça pouvait peut-être abîmer la bande, qui était pas mal fragile.

Je me suis écarté.

Maxime a dressé le pouce de sa main droite quand la musique a commencé. Millie s'est approchée et elle m'a dit merci. Un beau merci, bien articulé.

Nous sommes allés faire un tour dehors et j'ai couru après Sara qui m'avait pris mon bonnet, ce qui a fait rire les petits. J'ai eu envie de lui arracher sa casquette bleue pour me venger mais je me suis retenu. Maxime, poussé par Adonis, écoutait ma musique. Il était dans mon monde.

Il souriait. Je lui faisais confiance. Le soir tombait. Un beau moment.

L'opération ne s'est pas bien déroulée.

Il y a eu un problème et Maxime a fait un arrêt cardiaque. C'est Séverine qui a prévenu Adonis, tout en douceur.

Elle n'était pas si méchante que ça, finalement.

# - 21 -

# Un peu plus près des étoiles

**1985, Gold**

*À l'abri des colères du vent...*

Les petits étaient trop tristes. Il fallait faire quelque chose.

Dire adieu à Maxime. L'accompagner. Avec Sara et Adonis, nous avons imaginé LE PLAN.

Une fois par semaine, mon père était de garde durant toute la nuit. C'était le moment parfait.

Il a quitté notre appartement vers vingt-et-une heures et n'allait pas revenir avant le début de la matinée. Nous avions mangé tous les deux sans trop parler. Depuis quelque temps, il s'interrompait en plein milieu d'une phrase ou d'un geste pour se mettre en veille, les yeux dans le vague, sans vraiment sourire. Pendant quelques secondes, il pensait à autre chose. Puis revenait vers moi, comme étonné de ma présence.

Super relation père-fils, comme on les aime.

J'ai récupéré sous mon lit le sac que j'avais préparé un peu avant, pour ne rien oublier. Et j'ai attendu, avec ma musique à fond, allongé sur le canapé.

Année 1987.

Ma mère souffle dans le micro avant de parler face A. Elle murmure *d'accord*, face B, après son décompte.

À minuit, je suis sorti en prenant soin de bien me couvrir de vêtements sombres. Ils m'attendaient tous les six sous le dernier réverbère du parking. La faible lumière éclairait leurs visages pâles en accentuant leurs déformations. Les grands, les petits, serrés les uns contre les autres, silencieux, concentrés. Pas de vent, un froid sec d'hiver sibérien. De la buée se formait devant nos bouches. Une nuit irréelle. La lune blanche, perchée, entourée de nuages presque phosphorescents, nous accompagnait. Et quelques étoiles éparses, délicatement curieuses, tentaient d'attirer notre attention, mais non, rien à faire, on s'en fichait de la beauté de la nuit, de la douceur des astres et de l'éclat du clair de lune.

Ils avaient réussi à sortir de leurs chambres sans se faire remarquer, ce qui n'était pas si difficile. Passé dix heures, plus personne ne circulait dans les couloirs. L'infirmière était dans sa salle et montrait le bout de son nez lors de sa tournée ou quand on l'appelait. Sara et Adonis étaient sortis discrètement pour récupérer Zoé, qui se trouvait à l'autre bout du service. Adonis la portait dans ses bras. Elle avait enfoui son visage dans son cou.

Millie, qui était frileuse, avait enfilé deux pulls par-dessus son pyjama, dont les deux pans dépassaient. Des petits cœurs rouges.

Pascal, en me voyant, s'est avancé. J'ai cru qu'il allait me serrer dans ses bras. Il s'est contenté de me fixer. Il a demandé :

— Tu n'as rien oublié, Rémi ?

— Tu parles trop fort, a grondé Sara. C'est pas possible. On va se faire choper vite fait, bien fait si vous continuez à être aussi doués. Déjà qu'avec Clotilde ça a été limite !

À mi-parcours, la petite n'avait pas pu s'empêcher de glousser nerveusement. Ils avaient entendu une dame demander si quelqu'un se trouvait dans le couloir. Elle avait même déclenché sa sonnette pour prévenir une infirmière. Les vieux étaient souvent inquiets, la nuit. Toute la bande avait détalé. Puis Adonis avait fait claquer la porte des escaliers de secours. Du coup, ils n'avaient pas osé appuyer sur l'interrupteur et étaient descendus les uns derrière les autres en s'aidant de la faible lumière des portables des deux grands.

Clotilde a pris ma main gauche. Et Millie la droite. J'avais décidément la cote avec les petites. Je ne me suis pas dégagé. Au contraire, j'ai serré leurs doigts froids entre les miens.

Nous nous sommes dirigés vers le bois. Nous avons traversé la route, dépassé notre arrêt de bus et nous nous sommes enfoncés dans la forêt, sans hésiter, un plongeon dans l'obscurité dense. Personne ne parlait. Nos respirations mêlées, la toux d'Adonis qui ne guérissait pas, le rire contenu de Clotilde qui ne parvenait pas à se contrôler, tous ces petits bruits nous liaient et brisaient le silence. Sara grommelait dans son écharpe, les mains enfoncées dans les poches de son manteau. La visière rabattue de sa casquette masquait presque entièrement son visage.

J'avais pris une lampe de poche. J'ai laissé les filles passer devant moi et j'ai éclairé leurs pas. Adonis était juste derrière moi. Il soufflait fort. Je lui ai proposé de porter Zoé à mon tour, il a refusé en remuant la tête, me faisant signe de continuer à avancer.

Après le fossé, là où se trouvait l'ancienne canalisation, nous avons suivi un petit chemin que Sara semblait bien connaître. Nous avons marché une bonne quinzaine de minutes, concentrés, sérieux. Au bout se trouvait une petite clairière. Un espace dégagé, entouré par des arbres que la nuit rendait immenses. Pas très étendu, mais c'était suffisant.

Nous nous sommes organisés. Les petits ont récupéré des brindilles, du bois sec pour que le feu puisse prendre. J'étais chargé d'apporter les allumettes, et les flammes se sont rapidement élevées, les étincelles se sont éparpillées au-dessus de nos têtes, éloignant la nuit. Les crépitements remplaçaient les paroles que nous aurions pu échanger, froissaient le silence.

Nous nous sommes installés autour du foyer. La chaleur nous a enveloppés. Une seconde, j'ai souri. Parce que c'était bien, d'être là, avec eux. Zoé toujours collée à Adonis. Les petits près de moi. Seule Sara s'est tenue à l'écart, le visage toujours caché par sa visière, le dos courbé. Personne ne lui a suggéré de s'approcher. Personne ne lui a dit qu'elle allait avoir froid.

J'ai sorti de mon sac deux paquets de chamallows.

Et nous nous en sommes goinfrés en les faisant fondre au feu de bois. Pour Maxime. En son honneur. C'étaient les meilleurs chamallows que j'avais jamais mangés de ma vie. On a fait le concours de celui qui pouvait en mettre le plus dans sa bouche sans vomir. Le concours de celui qui faisait le mieux caraméliser son chamallow sans le faire tomber. Le concours du chamallow le plus cramé. Tous les concours qu'on a pu inventer, à base de chamallows.

Pascal a sauté par-dessus le feu comme un jeune Indien qui passe un rite. Il a hurlé à la lune. On a ri aussi. À se faire mal au bide. À se décrocher les mâchoires, ce qui n'était presque pas une image pour Adonis. On était bien. C'était tard et on s'en fichait de l'heure et des obligations et des maladies et des opérations.

On voulait fêter Maxime.

Être tristes et heureux en même temps.

Pascal a sorti de la poche de son manteau le stéthoscope du docteur Muller. On a tous applaudi. Il avait réussi à le lui piquer lors de sa tournée matinale. On s'est fait passer l'appareil de main en main, un peu comme un serpent sacré qu'on exhibe avant un sacrifice. Puis on l'a balancé dans le feu parce qu'on ne savait pas quoi en faire. Le caoutchouc s'est rabougri, a fondu, la couleur des flammes s'est modifiée.

Puis les filles ont sorti de leurs poches des poissons rouges en papier qu'elles avaient dessinés tout l'après-midi. De toutes les tailles. Des grands, des petits. Une centaine de poissons rouges. Elles les ont éparpillés autour du feu. On ne parlait plus. Sara se tenait toujours éloignée des flammes. Son visage paraissait changé. Les lueurs du feu le transformaient, adoucissaient ses traits. Quand son regard croisait le mien, une décharge électrique me parcourait le corps. Je me disais : C'est débile, qu'est-ce qui t'arrive ?

Je l'évitais et, en même temps, je n'avais qu'une envie, c'est qu'elle me regarde.

C'était une drôle de nuit. Une nuit où les étoiles semblaient se rapprocher de notre feu si petit. Une contraction de l'espace-temps qui s'adaptait à notre respiration, se réduisait pour mieux nous enserrer, entre les lueurs dansantes des flammèches et celles plus fragiles des astres.

Adonis toussait fort. Il s'est levé. Il était ému. J'ai cru qu'il n'allait pas réussir à parler. Il a pris quelques poissons entre ses doigts. Il les a jetés en l'air. On était suspendus à ses paroles.

— Ben...

Le bruit du feu qui crépitait, un avion dans le ciel et son lointain bourdonnement, nos respirations...

— *Fill de puta !*

On s'est tous regardés. Les petites ont pouffé de rire.

— Je ne sais pas parler catalan. J'ai juste regardé sur internet, il a continué. Sur un site, j'ai même trouvé comment on prononce.

— *Merda !*

La petite Zoé s'est levée.

— *Ceporro ! Payaso ! Cabrón !*

Elle les connaissait bien, les insultes de Maxime...

Tous, on a hurlé et dansé autour du feu en répétant les fabuleux gros mots en catalan. Ceux qui éloignaient la peur, ceux qui écartaient la mort, ceux qui rassuraient, ceux qui sonnaient si bien cette nuit.

— *Merluzo ! Montón de mierda ! A tomar por culo !*

Rien que pour lui.

# - 22 -

## Beat it

### 1982, Michael Jackson

*You better run, you better do what you can*

La sortie au cinéma était organisée par nos deux profs de français et d'anglais. Elles adoraient *Roméo et Juliette* et souhaitaient nous faire partager leur passion. Elles nous avaient bassinés toute une semaine avec l'histoire : Shakespeare, DiCaprio, les Capulet, les Montaigu, la scène du premier baiser... On peut dire ce que l'on veut, mais les profs ont des goûts bizarres. Qui a envie d'aller voir un film où l'on sait par avance que les deux héros vont mourir ?

Qui peut aimer une histoire d'amour impossible ?

En V.O. sous-titrée...

La salle n'était pas très grande. Au mur, une moquette d'une couleur vaguement grise, tachée par endroits. Au sol, la même chose. Des fauteuils pas très confortables. Des marches usées. Pas de distributeurs de pop-corn. Une vague odeur de pieds mal lavés. Un vrai cinéma d'art et d'essai, comme les aiment les profs de français et d'anglais. Sara était à côté de moi. Nous nous étions placés tout au fond de la salle. Les autres élèves s'étaient agglutinés devant l'écran. Tout le contraire du bus. Les plus populaires se plaçaient aux premiers rangs.

Il n'y a pas de logique à chercher.

Avant que le film commence, une classe est entrée, pas très discrètement, un peu en terrain conquis. D'un autre collège que le nôtre. Je n'ai reconnu aucun des élèves. La salle était encore éclairée. Un petit groupe s'est installé pas très loin de nous, deux rangées plus bas. Une des filles s'est retournée. Elle a aperçu Sara. J'ai vu ses yeux s'écarquiller.

Son expression.

Une seconde suspendue. Une seconde où elle a compris que ce qu'elle voyait était réel. Que ce n'était pas une illusion, un masque, un déguisement. J'ai eu envie de lui dire : Contrôle tes gestes, ne fais pas n'importe quoi, tu vas lui faire du mal. Retourne-toi et oublie ce que tu as vu.

Elle a poussé du coude sa voisine, qui, en apercevant à son tour mon amie, a pouffé de rire. Elles ont fait passer l'info sur la rangée. Très rapidement, ils ont tous été au courant.

C'était violent.

Quand j'avais vu Sara pour la première fois, j'avais réagi de la même façon. Je m'en suis rendu compte.

La même violence.

Elle devait en subir des tonnes de premières fois. Des tonnes de regards surpris, dégoûtés, moqueurs. Des regards de pitié aussi. Des regards apeurés. Des regards de gens qui ne la connaissaient pas et qui, comme moi, ne savaient pas gérer l'effet qu'elle produisait sur eux.

Quand on la connaissait, ce n'était pas la même chose. On s'habituait, sans doute. On ne la découvrait plus.

Je l'ai regardée attentivement, presque scientifiquement, comme si je devais analyser Sara Wolkowit.

Son visage brisé. Ses coutures. Ses déchirures. Sa casquette posée sur son crâne. Sa narine droite plus étroite que sa narine gauche. Elle est restée droite. Stoïque. Immobile. Consciente de mon regard posé sur elle. De celui des autres.

Je ne l'ai pas trouvée laide. Vraiment.

Deux rangées plus bas, ils riaient encore, s'exclamant de moins en moins discrètement. Pas étonnant qu'elle m'ait traité de blaireau. C'est exactement le mot que j'avais envie de leur balancer. Une belle bande de blaireaux.

— Tu veux que je me lève et que je leur casse la gueule ? ai-je chuchoté.

Elle n'a rien dit. Ses yeux dans les miens. Mon cœur qui accélère. N'importe quoi.

— Non.

— Je peux, tu sais. Je les prends par surprise. J'ai le temps d'en dégommer trois avant de me faire frapper à mon tour.

— Non.

— J'ai pas peur.

Elle a posé sa main sur la mienne. La lumière s'est éteinte à ce moment. Le noir absolu. Nos respirations suspendues.

Et je sens sa main posée et c'est comme si toute l'électricité du monde s'était concentrée là. Mon cœur bat trop vite. Le noir nous retient.

Elle ne retire pas sa main.

Le film commence. Les lumières de l'écran sont comme des lueurs du feu dans la forêt. Elles éclairent son visage différemment. Des ombres se forment, lissent sa peau, atténuent les plaies. Je la regarde. Elle garde la tête droite, consciente que je ne la quitte pas des yeux. Sa main presse la mienne. De la musique. Je voudrais que la pénombre revienne. Je voudrais que le noir nous saisisse de nouveau.

Je lève mon autre main. Je l'approche de son visage. Elle demeure immobile. Avec mon index, je touche la peau de sa joue. Je m'approche de ses lèvres. Des lèvres blessées. Des lèvres recousues. Je les caresse. Elle frémit. Elle tremble. Sa bouche s'entrouvre. Elle reste de profil. Sa main serre la mienne. L'intensité de la lumière diminue. La pénombre se fait. Mon cœur bat tellement vite. Je m'approche de Sara. Mon visage contre le sien. Ma respiration se pose sur sa peau. Je sens sa chaleur. Elle baisse la tête. Se tourne vers moi. Ses yeux brillent. Des yeux bleus d'une profondeur pas possible. J'en ai le vertige, de ces yeux-là.

Je m'approche et mes lèvres sont à quelques millimètres des siennes. Son souffle se mêle au mien et sa main est sur ma main, et l'obscurité nous protège. Quand ma bouche effleure la sienne, mes yeux plantés dans les siens, c'est comme si tout se fissurait autour de moi. Et je sens sa chaleur, son goût, et le désir monte et rien n'existe à part ses yeux et ses lèvres et sa main.

L'écran s'illumine. Une lumière blanche s'étale sur nous. Je m'écarte. Elle a le visage abîmé, Sara. Cela me tord le ventre. Cette réalité. La tristesse de cette chair rouge et lacérée.

Elle le voit dans mes yeux. Ma peine.

On ne se parle pas. La lumière éparse du film se reflète sur nous.

Elle se recule.

Les autres, en bas, sont tous retournés. Un connard a sorti son téléphone.

Il a commencé à nous filmer.

Et, là, je suis devenu fou.

# - 23 -

## Les écorchés

### 1989, Noir Désir

*Y a nos hématomes crochus qui nous sauvent...*

Parce que je suis fou. Comme ma mère. Je le sais depuis toujours. C'est génétique. On n'en parle pas avec mon père, mais sa maladie, je dois l'avoir. Elle me l'a transmise. C'était dans son sang.

Et, ce jour-là, ça a explosé.

Fallait bien que cela arrive.

Dans un cinéma, c'était un bel endroit.

Le garçon nous filmait. Il tenait son téléphone bien droit devant lui. Les filles à côté riaient. Ils se moquaient de nous. Je n'ai pas réfléchi. Une bombe nucléaire a pété dans ma tête. Comme si plus rien n'existait. J'ai jailli de mon fauteuil. En deux enjambées, je me suis retrouvé près du garçon. Mon âge. Plus petit que moi. Un appareil dentaire. Une coupe de nazi, la raie sur le côté, la nuque rasée. Des boutons sur le front. Je l'ai éjecté de son siège. Facilement. Il ne pesait rien. Toute la force du monde était concentrée dans mes mains. Je l'ai soulevé. Traîné dans la travée. Plaqué contre les escaliers du couloir.

Il crie. Il se débat. Il me repousse avec ses jambes et ses pieds viennent heurter mes cuisses. Sa main s'abat sur ma joue. Je ne sens rien. Il me gifle encore, pour se défendre, sans comprendre que c'est vain. Je suis le plus fou, je suis le plus puissant.

Je le bats. Mes poings sont serrés. Le plus fort possible. Il se roule en boule pour se protéger, pour éviter mes coups. Je cogne encore. Je ne compte pas le nombre de fois où je le frappe. Puis je serre son cou avec mes mains. Je n'ai qu'une envie. Qu'il crève. Qu'il crève. Et, dans ma tête, j'entends cette rengaine, ce refrain : Crève, crevure, ordure, crève. En boucle. Crève, crevure, ordure, crève. Et je ris d'un rire de dément, d'un rire de taré, d'un rire que je ne peux pas contrôler alors que mes mains enserrent son cou et que ses yeux me fixent et toute la terreur que j'y lis me force à serrer davantage et je ris encore – crève, crevure, ordure, crève. Je veux qu'il meure. Toute ma colère se transforme en joie et j'appuie fort. Il a un cou de poulet. Je lui broie la nuque. Je le tue. J'entends des cris, mais cela ne me concerne pas. Je continue. Cela dure un siècle. Cela dure une seconde. Je ne sais pas. Moi penché sur ce garçon. Moi occupé à l'étouffer comme si c'était une chose facile. Une chose que j'envisage de faire tous les jours, étrangler les gens, les asphyxier. Leur ôter la vie. On me pousse. On tente de me dégager. On me bouscule. Je m'accroche. Je pourrais les tuer tous, ceux qui me touchent, ceux qui tentent de me dégager. Et je comprends que je suis fou. Ça y est. C'est comme un soulagement.

Enfin.

La vérité est là.

Depuis toujours je le sais, et mon père le sait, et ma grand-mère aussi. Ils me mentaient, ils faisaient semblant. Ils vont m'enfermer avec ma mère et peut-être que je serais bien, là-bas, à faire le légume, à gober des médocs, à danser du vieux rock en me faisant tripoter par des vieilles aussi camées que moi.

J'ai relevé la tête.

J'ai vu la scène comme si elle ne me concernait pas. Encore un signe que je suis complètement barré. Que ma folie est révélée. Qu'elle a gagné. Que je suis passé du côté des zombies.

Plus bas, tous les élèves étaient tournés vers nous. Certains étaient debout sur leurs fauteuils pour mieux observer. Sur l'écran, les images du film continuaient à passer. Des lueurs pâles éclairaient la salle. C'était presque comme une peinture. Un jeu de lumière, une ambiance intime et puissante. On pourrait nommer le tableau : *Le fameux moment où Rémi a pété les plombs.*

La prof de français était au-dessus de moi, l'air affolé. Elle me parlait, ses lèvres remuaient mais, je n'entendais rien. Deux élèves s'efforçaient de me retenir, de me décrocher du garçon. Je sentais leurs corps collés au mien, leurs tentatives de contrôler mes gestes. Et Sara, juste à côté. Derrière.

Me répétant :

— C'est pas grave, Rémi. C'est pas grave.

Sa voix. Calme. Un souffle. Comme un murmure au loin qui vient me percuter.

Je me suis cramponné à sa voix.

— Laisse tomber, Rémi.

Sa voix qui me ramenait.

— Tout va bien, Rémi.

Sa voix qui me retenait. Et j'ai compris. Ce que je faisais. Mes mains autour du cou de ce garçon. Ses yeux exorbités. La lumière blanche est revenue, nous éclairant brutalement. J'ai tout lâché. Dans ma tête, j'entendais encore : Crève, crevure, ordure, crève. Mais j'ai desserré mes doigts et je me suis écarté. C'était presque douloureux, ce geste. Reculer.

Après, ils m'ont sorti, et je me suis assis sur le trottoir, et j'ai entendu les profs hurler et gesticuler. C'était drôle de les voir s'agiter ainsi. Et mon sourire a dû les énerver davantage. Je ne faisais pas exprès.

Ce n'était pas de l'insolence.

J'étais enfin fou.

De l'eau coulait dans le caniveau. J'ai calé ma tête sur mes bras croisés. Pour regarder passer entre mes pieds trempés les feuilles mortes et les bulles d'air et toute la saleté charriée par cette eau pourrie. Je ne sais pas combien de temps ça a duré. Puis j'ai senti une présence à ma droite. Je n'ai pas eu besoin de regarder. C'était Sara. Elle s'est raclé la gorge.

— Les profs ont appelé ton père. Il va venir te chercher.

Je n'ai pas répondu. Dans l'eau est passé un bouchon en liège. Je me suis demandé d'où il venait et où il allait.

Ce genre de question philosophique à deux balles sur le destin.

— Qu'est-ce qui t'a pris, Rémi ?

Le bouchon s'est éloigné. *Adios*, bouchon. Que Dieu te garde.

— Tu lui as fait mal, au gars. Peut-être qu'il va porter plainte.

Un papier de bonbon est apparu, balloté par le courant. Avec une araignée dessus. Une toute petite araignée, accrochée à son radeau comme une désespérée. Si les araignées savaient hurler, celle-ci nous aurait crevé les tympans. J'ai eu pitié. J'ai sorti le papier avec mes doigts pour le déposer à côté de moi. Elle n'a pas bougé tout de suite. Sans doute qu'elle ne réalisait pas qu'elle venait d'être sauvée. Qu'un petit miracle s'était produit. Elle n'allait pas rejoindre le bouchon au pays Du Bout Du Caniveau. Si les araignées savaient parler, peut-être qu'elle m'aurait remercié. Elle s'est éloignée, un peu bancale sur ses pattes, encore étonnée de la grâce qui lui avait été accordée.

— Tu as pété les plombs ? Tu as eu honte de moi ? C'est ça ?

Je me suis redressé.

Sara n'avait pas l'air en colère. Sa peau éclairée par la lumière du jour était rabotée, déchirée, abîmée, laminée, lacérée, et je n'ai pas ressenti de dégoût. J'aurais pu l'embrasser de nouveau, là, sur ce trottoir, avec les voitures qui roulaient en nous crachant leur pot d'échappement dessus et les élèves derrière nous occupés à nous regarder. Le fou et la laide.

J'aurais dû. L'embrasser.

— Tu as eu honte de moi ? C'est ça. Tu peux le dire, va, j'irai pas me vexer.

Dans ses yeux, une tristesse immense.

— Non.

— Menteur.

— Non, Sara. Je vais te dire la vérité.

— Quoi ?

— Je suis fou.

— Tu n'es pas fou. Tu es juste un blaireau, Rémi.

L'embrasser. Devant les autres. Oser le faire.

Mais, en plus d'être un fou, j'étais un lâche.

# - 24 -

## I'm still standing

**1983, Elton John**

*Don't you know I'm still standing better*
*than I ever did...*

Dans la voiture, mon père n'a pas parlé, ne m'a pas adressé la parole. Il a conduit en regardant bien droit devant lui, comme si je n'existais pas. Je n'ai pas eu droit à l'engueulade à laquelle je m'attendais.

C'était presque inquiétant, ce silence.

Il avait écouté attentivement ma prof de français lui raconter mon carnage, comment j'avais frappé et tenté d'étrangler ce garçon, parce qu'apparemment il avait filmé ma camarade Sara. C'est la seule explication qu'elle avait pu trouver. Selon elle, ma réaction avait été disproportionnée et préoccupante. Un tel déchaînement de violence était peut-être un signal d'alerte à prendre au sérieux. « Tu parles que c'est sérieux, j'avais envie de dire. Tu ne connais pas mon histoire, madame, tu vis dans un monde où Roméo se tape Juliette puis meurt et ça te fait pleurer à chaque fois comme si c'était une découverte. »

Mon père avait même vérifié si tout allait bien pour l'autre, si je ne l'avais pas trop gravement blessé. Il a joué son rôle de médecin à merveille, comme il sait le faire. Il est entré dans le cinéma et je suis resté en face de ma prof qui avait des papillons dans les yeux en le regardant s'éloigner.

Le garçon était pas mal amoché. Une marque autour du cou. Quelques jolis bleus. J'avais cogné fort. Mon père a dû trouver les mots pour le rassurer. Il lui a offert une consultation gratuite. Sans doute un check-up complet des cervicales. Je l'ai aperçu avant de monter dans ma voiture. Il boitait, soutenu par un copain à lui. Sur sa joue droite, un hématome.

Ma prof m'a laissé rentrer avec mon père. Elle nous a même adressé un petit salut de la main en guise d'au revoir.

On a roulé un long moment en silence.

J'ai vérifié si mon Walkman était toujours dans mon sac. C'était rassurant de sentir le plastique sous mes doigts. Heureusement, pendant la bagarre il était resté sous mon fauteuil. J'ai eu envie d'écouter ma musique mais j'ai pensé que mon père le prendrait très mal, alors je me suis contenté de regarder le paysage.

Le soir tombait. Nous nous sommes éloignés de la ville. Les arbres formaient deux rideaux denses sur les bas-côtés de la route, alignés comme des barreaux de prison. Sans me prévenir, mon père a mis son clignotant à droite et nous nous sommes engagés dans un petit chemin de terre. La voiture nous a ballotés dans tous les sens. Je me suis accroché à la poignée au-dessus de ma tête. C'était comme une punition, ces secousses. Comme s'il me malmenait exprès. Aucune plainte ne s'est échappée de ma bouche.

Il nous a immobilisés sous un grand mélèze que le vent faisait à peine frissonner. Pendant quelques instants encore, le silence a régné. Puis il s'est tourné vers moi.

— Je sais ce que tu penses...

Je m'attendais à tout sauf à cette phrase. Je n'ai rien trouvé à répondre. Il a ouvert sa fenêtre et l'air frais s'est engouffré dans l'habitacle.

— C'est de ma faute. J'ai cru que tout allait bien. Que ce n'était pas la peine d'en parler. Même si ta grand-mère insistait. Elle a souvent raison, cette vieille sorcière. Elle me disait qu'il ne fallait pas que je me trompe. Tu donnais l'impression de ne rien prendre au sérieux alors que c'est tout le contraire.

Le vent m'a donné la chair de poule.

— Tu sais comment j'ai rencontré ta mère ?

(Non. Je ne savais pas. Il ne me l'avait jamais raconté. Sa question était inutile. C'est ce que j'ai eu envie de lui dire. Tu me poses des questions nulles, papa, et tu me caches des vérités et tu aimerais bien vivre sans moi, peut-être. Ce serait plus facile pour toi. Tu serais plus libre. Je suis ton boulet.)

Je me suis tu.

— Pas très original comme histoire. Pas un truc romantique. Non. J'étais invité à une fête. Chez un ami. Un collègue. On bossait dans le même hôpital. Il m'avait prévenu : celle-là, tout le monde essaie, personne n'y parvient. C'est une forteresse imprenable. Il parlait de ta mère. Ce n'est pas très joli, je sais. Mais je suis arrivé avec une seule idée en tête, réussir là où personne n'avait réussi. Un beau défi. Je me prenais pour un chevalier qui assiège son château fort jusqu'à ce que celui-ci cède. Elle ne m'a pas regardé. Quand j'ai voulu lui parler, elle m'a fait sentir que tout ce que je racontais, c'était du pipeau. Mais je me suis accroché. Toute la nuit. C'était comme si elle voulait que je m'épuise, que je renonce. Le jour s'est levé. Elle était assise en face de moi, sur ce canapé défoncé, et peut-être qu'on avait bu, et peut-être aussi qu'on était plus trop clairs, et on s'est embrassés. Ce n'était pas moi qui l'avais eue. J'étais sa conquête. Parfois, on rencontre des gens et c'est comme si on les connaissait depuis toujours alors que ce sont de parfaits inconnus. On a les mêmes références, le même humour, les mêmes mots. C'est étonnant de découvrir à quel point on est semblables. Et tu vois, une semaine après notre rencontre, on habitait ensemble, dans le même appartement. Les collègues n'en revenaient pas. Même ta grand-mère m'avait adopté alors qu'elle était d'une nature plutôt méfiante.

Les mains de mon père étaient restées posées sur le volant. Il regardait devant lui en parlant.

— Sa maladie s'est déclenchée brutalement. Je ne l'ai pas vue. J'aurais pu. Déceler les symptômes. Je m'en veux tellement. Elle montrait des petits signes. Son comportement avait changé. Mais je travaillais trop et je n'ai rien remarqué. Ta mère a perdu le contact avec la réalité. C'est le propre de la schizophrénie. C'est arrivé comme une malédiction. Et ce n'est pas à cause de toi. Tu n'y es pour rien.

Mes poumons se sont vidés, et j'ai eu l'impression que mon corps se ratatinait.

— Si, j'ai dit.

— Si quoi ?

— J'ai lu que la maladie se développait parfois à la suite à la suite d'un évènement choquant ou trop fort. Comme une naissance.

— Tu as lu ça ?

— Oui.

— Et qu'est-ce que tu as lu encore ?

Plus de salive dans ma bouche.

— Que c'était héréditaire. Que moi aussi, je pouvais être schizo.

Il a détaché ses mains du volant. Ses phalanges avaient blanchi à force de le serrer. Il a soupiré. Puis il a esquissé un sourire.

— Moi qui trouvais que tu ne lisais pas assez.

— Papa...

— Non. Ce n'est pas ta naissance qui a déclenché sa folie. C'est comme si elle était programmée depuis toujours et qu'à un moment, sans qu'on sache pourquoi, les délires ont été plus forts que tout. C'est un tsunami qui l'a emportée, ta mère. On ne peut pas lutter contre un tsunami.

J'ai eu envie de sortir de la voiture. Courir, m'enfoncer dans la forêt, oublier ce qui venait de se passer.

— J'aurais pu le tuer, papa.

— Non. Tu n'es pas comme ta mère. Tu lui ressembles, d'accord. Tu as son visage. Et ses expressions. Ses yeux. Ses manières de m'envoyer bouler. Quand je te regarde, parfois, ça me fait drôle et je ne t'en parle pas. Mais tu dois le sentir. Tu es en colère, mon fils. Ta colère, elle doit bien sortir à un moment ou à un autre.

— Tu ne me réponds pas ? Je peux être comme elle ? C'est génétique ?

— Moi aussi, je suis en colère. Un jour, il va bien falloir qu'on fasse la paix, non ? Je te promets, on va s'en sortir.

— Papa !

— C'est peut-être héréditaire. Je ne vais pas te mentir. Mais tu n'es pas comme elle. Tu n'es pas schizophrène, Rémi. Réfléchis bien. Pourquoi tu t'es battu ? C'est quoi, les vraies raisons ? Ne te trouve pas d'excuses avec cette histoire de folie !

# - 25 -

# Un autre monde

## 1984, Téléphone

*Elle m'a trouvé bien futile...*

J'avais eu honte de Sara. De notre baiser et du regard des autres posé sur nous. C'était la vraie raison.

Et elle s'en était rendu compte.

Peut-être que je n'étais pas comme ma mère. Que la folie était une excuse. Pour expliquer mon manque de courage. Ma vie minable. Comment le savoir ? Mon père m'avait parlé, d'accord. Mais, dans le fond, je n'avais pas changé. Les miracles ne se produisent que dans les fictions. Les révélations soudaines, les secrets avoués, les blessures qui guérissent... et le héros va mieux et sa vie se transforme. Le bonheur, l'amour, les petits oiseaux. Très peu pour moi.

Je suis resté dans l'appartement, le lendemain. Il fallait que je rédige une lettre d'excuse au garçon. C'est la CPE qui l'avait exigé. J'avais écopé d'un jour d'exclusion. Et j'allais passer en commission éducative. La totale.

Pas facile de trouver les bons mots. Pour m'aider, je me suis réécouté toute la décennie de ma mère. De 1980 à 1989. Dix fois quatre-vingt-dix minutes. Une vraie coupure avec le XXIe siècle. Mon père me tournait autour comme si notre discussion n'était pas terminée et qu'il avait encore des choses à me dire, mais je n'en avais plus envie. C'est bon. On avait fait le tour de la question. Trop de confidences tue les confidences. Il faut savoir ne pas abuser des bonnes choses.

J'ai jeté un coup d'œil dans le jardin. La cabane est restée vide. Aucun des petits n'est venu jeter des graviers sur la fenêtre.

Et je n'ai pas revu Sara.

Toute la semaine suivante.

Au collège, elle était absente. Tout comme Adonis. Ni Pascal, ni Millie, ni Clotilde ne savaient pourquoi. Ou ils ne voulaient pas me le dire. Nous nous sommes juste croisés devant l'arrêt du bus. J'ai eu l'impression qu'ils m'évitaient. Ainsi que les autres élèves. Ma réputation était faite. Comme à chaque fois, je me retrouvais seul. À croire que c'était un don.

À la fin, j'ai pris mon courage à deux mains. Je suis monté jusqu'au deuxième étage de la partie réservée à la chirurgie réparatrice. J'ai tout de suite repéré Zoé, assise en tailleur dans le couloir, devant une porte fermée. Elle dessinait avec application, concentrée sur son coloriage. Je me suis approché et je me suis installé à ses côtés.

— Tu fais quoi là, Zoé ?

Elle m'a regardé. Un nouveau pansement masquait le trou qui la défigurait. Bientôt, elle allait bénéficier d'une greffe pour tenter de reconstruire son nez. Elle n'en parlait pas. Maxime n'était plus là pour lui lancer ses imprécations en catalan.

— J'attends.

— Tu attends quoi ?

— Je n'ai pas le droit d'entrer. Je pourrais attraper ses microbes. Alors j'attends qu'il aille mieux.

C'était la chambre d'Adonis. Je me suis relevé et j'ai frappé à la porte. J'ai entendu une toux grasse. Puis il a prononcé : « Entrez. »

Quand j'ai ouvert la porte, Zoé s'est penchée et elle a salué son ami. Et elle m'a donné son dessin avant de reculer pour s'asseoir de nouveau. La gardienne du temple.

Adonis était allongé sur son lit. Dans son nez était glissé un tuyau pour l'aider à respirer. Il avait maigri. Son visage pâle m'a paru encore plus désagrégé que d'habitude. Et ses yeux brillaient. Sans doute de fièvre.

— *Yo man !*

J'ai ri. Parce que c'était ridicule et il le savait bien.

— *Yo man !*

Il a fait un geste de la main, pour m'inviter à m'asseoir sur son lit. J'ai eu peur d'être maladroit et de le bousculer. Je me suis installé de travers. Son bras était relié à une perfusion. Sa chambre sentait le médicament.

— Il paraît que tu as le sang chaud ! a-t-il lancé.

— Comment tu sais ?

— Radio ragot. Les infos circulent à la vitesse de la lumière ici. Tu t'es pris pour Mohammed Ali ou quoi ? C'est quoi, la référence des années quatre-vingt ? Rocky Balboa ?

J'ai haussé les épaules.

— Tu as quoi comme maladie ?

— Tu as parlé avec Sara ?

— Pourquoi tu réponds toujours aux questions par une autre question ?

— Tu sais que Sara refuse de se faire opérer ?

Je l'ai regardé attentivement.

— Non. Je ne sais pas.

— Sara ne pleure jamais. Je la fréquente depuis un an. Jamais je ne l'ai vue craquer. Genre... C'est ce qu'elle veut bien nous faire croire. Mais toi et moi, on n'est pas dupes. On la connaît. Je ne sais pas ce qui s'est passé au cinéma. Mais elle était bien détruite en rentrant. La semaine prochaine, elle doit partir à Paris, pour sa première grosse opération. Un truc révolutionnaire, une greffe, je ne sais pas. C'est expérimental. Ses parents sont à fond. Les docteurs aussi. Elle ne veut plus y aller. Elle refuse d'en parler. Elle reste enfermée dans sa chambre, ou elle disparaît dans la forêt. Elle évite tout le monde. Même les petits, elle les repousse.

Il s'est mis à tousser. Une toux profonde, qui lui déchirait les poumons. J'ai attendu qu'il reprenne son souffle.

— Tu as quoi, Adonis ?

Il a souri.

— Je me suis demandé ce que tu avais bien pu lui faire, à notre Sara. Parce que tu l'aimes bien. Je le vois. Il y a de l'électricité entre vous deux. Ça fait des étincelles. Ça rejaillit sur nous. Chaleur, chaleur. *Muy caliente...*

— Je l'ai embrassée.

Il a écarquillé les yeux.

— Sérieux ?

— C'est quoi, ta maladie ?

— Pneumothorax. Ne va pas affoler les autres. Y a Zoé qui flippe pour un rien. Je lui ai promis de pas crever. Et je tiens mes promesses. Tu l'as embrassée ?

— Et après j'ai frappé un gars qui nous avait filmés.

— Pourquoi elle a réagi aussi mal ?

— Elle doit penser que je n'ai pas assumé.

— C'est vrai ?

— Je ne sais pas.

Et je lui ai raconté ma mère. C'est sorti tout seul. C'était la première fois que je partageais mon histoire avec quelqu'un. Il n'a pas fait de commentaires. Il ne s'est pas apitoyé, il n'a pas fait semblant d'être désolé pour moi. Quand j'ai expliqué qu'en étranglant le gars, dans le cinéma, j'avais presque senti de la joie, il ne m'a pas traité de psychopathe. Puis j'ai précisé : de la joie et de la tristesse. Ce qui était un peu rassurant.

Après, on a regardé le dessin de Zoé. Elle avait représenté une sorte de chien avec de gros yeux. Une bonne tête de toutou sympathique. Et des cœurs tout autour. Ça débordait d'amour.

— Tu vas aller voir Sara ?

— Tu vas bien te soigner ?

— Tu essaies de faire au mieux pour récupérer l'affaire ?

— Tu t'occupes un peu des tiennes, d'affaires ?

— Jamais.

On s'est serré la main. Il a toussé encore et il a fermé les yeux. Je suis sorti sans faire de bruit. Zoé m'attendait dans le couloir pour que je lui fasse un compte rendu complet de ma visite.

Puis je me suis dirigé vers la chambre de Sara.

# - 26 -

# Flammes de l'enfer

## 1988, Niagara

*L'orage et le tonnerre ont lavé ma colère...*

J'ai frappé à sa porte. Pas de réponse. Je suis entré sans attendre l'autorisation.

Pas trace de Sara. Dans tous les sens du terme.

Les murs étaient blancs. Désespérément blancs. D'un blanc tirant sur le vieux gris. Le gris sale. Le gris des chambres d'hôpital. Ceux d'Adonis étaient recouverts de lettres, de petits mots, de dessins, de photos. Des éclats de joie. Des touches de couleur. Des preuves qu'avant l'hôpital, il y avait eu vie. Et que l'avenir ne se limitait pas à cet espace réduit.

La chambre de Sara était nue. Vide. Sa valise, sur le côté, était ouverte, sans rien dedans. Sur son bureau, une trousse. Un classeur. Une règle. Son sac du collège était rangé sur l'armoire. Dans la salle de bains, la serviette était pliée. Un ordre trop parfait. De quoi finir angoissé. Je me suis allongé sur son lit. Une fissure traversait le plafond. Je l'ai imaginée couchée là, contemplant indéfiniment cette faille. Comment ne pas s'y perdre ?

Je savais où la trouver.

Le soleil peinait à traverser la couche de nuages, mais on ne pouvait pas lui reprocher son manque de ténacité. Les bordures de la route s'étaient couvertes de fleurs jaunes et bleues. Signe que le temps changeait. Très vite, la boue s'est collée à la semelle de mes chaussures. C'était peut-être le début du printemps, mais la terre gorgée d'eau ne semblait pas s'en apercevoir. Il faisait toujours plus froid dans le bois. J'ai suivi la tranchée puis le chemin jusqu'à la clairière. Les arbres bourgeonnaient, et toutes les odeurs des feuilles mortes remuées m'ont accompagné. Un soutien silencieux que je comprenais enfin.

Sara se trouvait assise sur un tronc abattu. Sa casquette bien enfoncée sur sa tête masquait son visage, ce qui était un mauvais signe. Elle n'a pas semblé remarquer ma présence.

Je me suis immobilisé.

— Sara...

Elle n'a pas répondu.

— Sara, je suis désolé.

Elle n'a pas redressé la tête.

— Si je m'approche, tu ne vas pas me faire le coup du caillou ? Nez, crâne fracassés, pourrir dans la forêt...

— Blaireau, a-t-elle murmuré.

— Voilà, je préfère ça.

Je me suis posé à côté d'elle. Je n'avais jamais remarqué à quel point elle était mince. Ses poignets étaient fins. Elle flottait dans son pull trop large pour elle. La base de son cou était si lisse. Sa peau avait été épargnée, juste à la naissance de la nuque. Une boucle de ses cheveux s'échappait de sa casquette pour s'enrouler à cet endroit. J'ai eu envie de la toucher encore du bout de mes doigts. Tout doucement. Pour ne pas la faire fuir. Elle était ce genre de fille, celles qui fuient quand on veut les apprivoiser.

Nous sommes restés un long moment sans parler. Elle a fini par soupirer :

— Je parie que c'est Adonis qui t'envoie.

— C'est Adonis qui m'a dit que tu ne voulais plus te faire opérer.

— Il fait chier. Même malade, il fait chier.

— Non.

— Non, il ne fait pas chier. C'est vrai. Mais il se permet de donner des leçons alors qu'il n'arrive même pas à gérer ses propres histoires. Il n'a toujours pas lu la lettre d'Annelise, il ne l'a pas ouverte.

— Il ne m'a pas dit de venir. Je voulais qu'on s'explique.

— Pas besoin d'explications, Machin.

Le surnom qu'elle me donnait avait sonné faux. Ça ne marchait plus.

— Tu crois quoi ? Que j'ignore pourquoi tu t'es battu ? Tu vas trouver plein d'excuses et des raisons valables, mais au fond je sais ce qui n'allait pas. Dans le noir, tu pouvais m'embrasser. Tu ne me voyais pas. À la lumière, tu as réalisé. À qui tu avais affaire. C'est comme ces gens qui baisent les yeux fermés. Ça me dégoûte. Je ne veux pas qu'on m'aime les yeux fermés. Et pourtant personne ne pourra m'aimer les yeux ouverts. Alors ne me parle pas d'opération, d'espoir, tout le blabla qui rassure mes parents. Ils croient qu'ils vont récupérer leur fille d'avant. Mon visage. Mais je m'en fous, de mon visage. Je ne serai plus jamais la même. Alors ça ne sert à rien. Les techniques révolutionnaires. Les opérations magiques. J'ai disparu. Je suis morte. On ne peut plus m'aimer.

J'ai pensé que moi aussi j'étais mort. À quatre ans. Je ne l'ai pas interrompue.

— Tu as fait un effort. Tu m'as cherchée. C'est mignon, Rémi. Et je sens que ce n'est pas facile pour toi. Que tu te traînes aussi des paquets plutôt lourds. Mais ce que j'ai compris au cinéma, c'est que je n'avais rien à attendre. Rien. Et ta pitié, j'en veux pas. Ni tes regrets. Ni tes remords.

J'ai approché ma main. J'ai touché sa joue. Elle s'est levée d'un bond.

— Ne me touche pas, a-t-elle murmuré.

C'est comme si elle avait hurlé. Je me suis levé à mon tour et j'aurais aimé faire un beau geste, la serrer dans mes bras, mais encore une fois je n'ai pas été à la hauteur de mes envies. Je suis resté droit comme un manche à balai. Coincé. Nul. Un pauvre gars qui ne sait rien faire.

— Je suis morte brûlée !

Elle a ôté sa casquette. Des plaques entières de cheveux lui manquaient. Son crâne était lui aussi marqué par les traces de brûlures. Elle me montrait son visage en pleine lumière. Sans rien me cacher, pour que je sois lucide, que je constate l'étendue des dégâts, la laideur, le malheur. Mais je n'ai rien vu. Que ses yeux.

— J'étais dans la caravane. Je crois que mes parents étaient sortis. Ils devaient jouer à la pétanque. Ils adorent la pétanque. Ils pourraient passer leurs vacances à jouer à la pétanque. On était au camping à l'océan. Vers Vieux-Boucau. C'est sympa, là-bas. On y va tous les étés. On y allait. Je ne veux plus jamais y mettre les pieds. Je ne veux plus jamais entendre le bruit de boules de pétanque qui se cognent les unes contre les autres. Je n'irai que dans les hôtels quatre étoiles. Personne ne joue à la pétanque dans un quatre-étoiles. Le feu a pris à cause d'une bonbonne de gaz. Qui a explosé. Le toit a très vite flambé. Il m'est tombé dessus. J'étais enfermée dans la salle de douche et je suis sortie par le hublot, qui brûlait aussi. On avait une caravane toute pourrie qui appartenait à mon grand-père. Elle a cramé comme une allumette. Et moi aussi. J'ai cramé. J'ai flambé. Je suis redevenue poussière. Cendre. Je suis retournée à la terre.

Sa voix était presque inaudible. Je me suis avancé. Elle a reculé.

— Tu as pitié. Va te faire foutre avec ta pitié.

Je n'ai pas réfléchi cette fois. Je l'ai prise dans mes bras, elle s'est débattue. J'ai tenu bon. Plus elle se tortillait, plus je la serrais dans mes bras. Nous avons glissé au sol et, là encore, elle m'a repoussé. Je ne la lâchais pas.

Puis je l'ai embrassée. Mes lèvres sur les siennes. Ma bouche qui la touche, ma bouche qui la frôle, ma peau contre la sienne. Un choc. Elle cesse de me repousser. Ses mains se posent sur ma nuque, sur mes bras. Le frisson immense qui parcourt mon corps me coupe le souffle.

Et mes yeux grands ouverts plongés dans les siens.

— Je te vois, Sara. Je te vois vraiment.

# - 27 -

## Sweet dreams

**1983, Eurythmics**

*Hold your head up, keep your head up...*

Nous avons accompagné Sara jusqu'à la voiture de ses parents. Une haie d'honneur d'éclopés et de gueules cassées. Le meilleur des hommages possibles. On y avait réfléchi, avec la petite bande.

Adonis toussait encore et Séverine, la fameuse infirmière tyrannique, l'avait autorisé à sortir pour quelques instants. Pas longtemps. À condition d'être super bien couvert. Et prudent. Elle le bichonnait, Adonis. Elle lui avait prêté son écharpe en laine, imprégnée de son parfum.

Il était encore bien pâle, ce qui accentuait ses traits. Il était affreux. Et terriblement beau. C'est ainsi que je le voyais.

Zoé n'était pas là. La veille, elle aussi était partie pour sa deuxième opération. On allait lui décoller une partie de la peau de son crâne et la lui greffer sur le nez. Le début de la reconstruction. Son médecin lui avait dit qu'il allait réussir à lui modeler un beau nez. Elle devait avoir confiance. À son jeune âge, tout était rattrapable. Restait le problème de la peur des opérations.

On s'était rassemblés dans sa chambre et on lui avait répété toutes les pires injures en catalan qu'on avait retenues, avec un accent sans doute bien pourri. La petite nous avait écoutés avec un grand sourire, sans se cacher derrière ses mains. Ses parents étaient venus la récupérer et elle avait serré Adonis dans ses bras.

C'était au tour de Sara. Jusqu'à la dernière minute, j'ai eu peur qu'elle change d'avis. Je n'étais pas le seul. Ses parents tremblaient à chaque fois qu'elle disparaissait de leur champ de vision. Quand elle s'est rendue aux toilettes, j'ai cru que son père allait monter la garde devant la porte. Elle est en ressortie avec une sorte de grand sourire affiché sur les lèvres, consciente du suspense qu'elle créait.

Un vrai caractère de cochon.

La convaincre d'accepter la chirurgie n'avait pas été facile. Adonis et moi, on ne l'avait pas lâchée. Tous les arguments nuls qu'elle nous opposait, on les balayait. Non, ce n'était pas une opération inutile et d'accord, elle n'allait pas changer du jour au lendemain et oui, c'était un processus long et peut-être douloureux et oui, elle ne redeviendrait jamais la fille d'avant et oui, il fallait l'accepter comme elle était et non, ses parents n'avaient pas de faux espoirs et oui, de l'espoir, il fallait en avoir.

Elle avait fini par céder.

Prudents, on lui avait fait signer un document, une sorte de contrat où elle s'engageait à ne pas reculer. Les petits avaient servi de témoins.

La feuille avait disparu vite fait, bien fait. Retenir que signer des pactes avec Sara ne fonctionnait pas.

Clotilde et Millie avaient préparé un gros bouquet de fleurs. Le parc en était rempli. De toutes les couleurs. Un feu d'artifice de belles bleues, de belles jaunes et de belles rouges. Un panneau indiquait qu'il était interdit de les cueillir, mais je les avais aperçues toutes les deux, par ma fenêtre, le matin, occupées à ramasser, avec beaucoup de délicatesse.

Elles avaient obtenu l'autorisation de Séverine. Ce qui faisait office de passe-droit.

Pascal, lui, allait partir dans un mois. Sans doute qu'il ne serait pas là quand Sara reviendrait. Ses opérations devaient être très rapprochées et s'étalaient sur une demi-année. Son absence durerait longtemps. Sur le parking, il n'a pas supporté la scène de l'au revoir. On a vu les larmes jaillir de ses yeux, alors il a juste dit: «Salut» et il s'est éloigné, brutalement, les épaules rentrées. Une démarche de cowboy solitaire qui a vécu bien des combats contre les Indiens. Les filles l'ont suivi, pour ne pas le laisser seul. On le sait, les cowboys solitaires ont besoin de compagnie.

Elles ont tendu le bouquet à Sara d'un geste très solennel, qui s'en est saisie comme si elle était la reine d'Angleterre.

Sur une impulsion subite, Adonis a proposé aux parents de Sara de visiter la cabane. C'était l'excuse la plus bidon qu'il avait pu imaginer. Ils n'ont pas été dupes. Ils l'ont suivi quand même en simulant un enthousiasme démesuré: «Oh, quelle bonne idée! C'est fantastique, extra, génial, votre cabane!»

Je me suis trouvé tout seul, face à Sara.

Elle ne portait pas sa casquette. Une coiffeuse était passée dans le service le matin et lui avait coupé les cheveux pour lui donner un air à peu près convenable.

Les plaques étaient encore affreuses. Mais ses mèches ne partaient plus dans tous les sens. Elle avait ôté sa boucle d'oreille. Pas de bijoux. Les yeux pas maquillés. Rien.

C'était comme pour Adonis, d'une beauté terrible. Une beauté qui serre le cœur. Une beauté détruite qui existe encore, malgré tout. La plus belle des beautés.

Elle s'est approchée de moi. Je ne l'ai pas touchée.

Ne pas commencer.

Ne pas me laisser tenter.

Nous sommes restés à quelques centimètres de distance. Son visage près du mien, sa respiration qui glisse sur moi, la mienne qui la recouvre. Et ses lèvres se sont posées sur les miennes. J'ai retenu un soupir. À chaque fois, c'était une explosion.

À chaque fois, c'est comme si je découvrais de nouvelles sensations. Son goût, son odeur. J'aimais tout.

J'ai eu conscience de la chaleur du soleil, des quelques nuages qui passaient dans le ciel. Du temps qui s'était écoulé entre le premier jour où je l'avais croisée et ces dernières minutes. Du regard que j'avais posé sur elle, de ma réaction.

Je n'étais plus le même.

— Tu vas faire quoi ?

Je me suis écarté.

— Je vais pas t'attendre. Je vais faire la fête. Je vais casser la gueule à d'autres gars. Je vais sortir avec la Clara du CDI qui soûle. Je vais continuer à penser que je suis fou. Que des trucs bien.

— Blaireau.

— Deux mois, ce n'est pas long.

Elle a haussé les épaules.

Au loin, on a entendu les voix de ses parents qui se rapprochaient. La visite guidée d'Adonis n'avait pas duré longtemps.

— Et toi, tu vas faire quoi ?

— Surtout pas penser à toi. Surtout pas t'écrire. Surtout pas me demander si tu t'amuses bien avec la Clara du CDI qui soûle.

Les parents et Adonis n'étaient vraiment pas loin. J'ai souri parce qu'il vaut mieux sourire parfois. Puis j'ai sorti de ma poche droite mon Walkman. Et de ma poche gauche deux cassettes. Je n'ai pas pensé qu'elles étaient fragiles. Je ne me suis pas dit de faire attention.

Elle a compris avant que je parle.

— Non !

— Pourquoi non ?

— Imagine, je l'abîme. Imagine, je pète une bande. Imagine, je le fais tomber. Imagine, je l'oublie quelque part.

— Dedans c'est l'année 1981. En plus, je te file 1988 et 1989.

Elle a plongé ses yeux dans les miens.

— Imagine, je ne reviens pas.

Ses parents sont apparus à ses côtés à ce moment. Je lui ai pris la main et j'ai placé mon baladeur dans sa paume. Pour qu'elle revienne.

# - 28 -

## Ouragan

### 1986, Stéphanie de Monaco

*La tempête en moi a balayé le passé...*

Le soir même, nous dînions à trois.

Mon père ne m'avait pas prévenu. Sans doute qu'il avait été refroidi par mon silence. Depuis notre discussion dans la voiture, après la bagarre, c'est vrai que je n'avais pas fait d'efforts. Je n'avais pas eu envie de discuter de nouveau avec lui.

L'idée que je puisse avoir la maladie de ma mère me tournait encore dans la tête. D'après mon père, c'est parce que j'étais en colère.

Peut-être.

En tout cas, je l'évitais.

J'étais dans ma chambre. Sans mon Walkman. Dans un drôle d'état. Sans doute proche de celui du fumeur qui cesse de fumer. Qui tourne en rond parce que sa dose de nicotine lui manque. Parce que les gestes auxquels il tient tant – allumer sa cigarette, tirer une bouffée, écraser son mégot – ne sont plus possibles. Et la vie prend une autre dimension. J'étais en manque.

À mon âge !

Du coup, je ne respirais pas bien, j'étais tendu, je me rongeais les ongles. Un vrai drogué au début de sa cure de désintoxication. Raison de plus pour ne pas parler à mon père.

Sans parler de l'absence de Sara. Le réseau était tellement pourri que je ne recevais pas ses textos. Et on avait décidé qu'elle ne m'enverrait pas de photos. Pas besoin de comprendre pourquoi.

La sonnette de la porte d'entrée a retenti. Je me suis levé. Si j'avais eu ma musique dans les oreilles, je n'aurais rien entendu. À quoi ça tient, la vie ? J'ai traversé le couloir. Mon père était dans la cuisine. Je dois admettre que ça sentait bon. Si on ne se parlait pas beaucoup, il se rattrapait au niveau de la préparation des repas. Finis les tickets du self, les raviolis en conserve à moitié réchauffés, les sardines à l'huile. Bienvenue dans le monde de la grande gastronomie.

J'ai ouvert la porte. Sur le palier se trouvait la femme aux doigts coupés. Elle est restée quelques secondes à me fixer. Et moi aussi. Je pensais : Je ne peux pas lui serrer la main, ça ne se fait pas. Comment on va faire pour se saluer ? Pour se dire bonjour ?

Puis j'ai réalisé que c'était nul, comme pensée. Et que, décidément, je ne parvenais pas à dépasser mes *a priori*.

Elle a levé la main droite. Je me suis rendu compte que son pouce était intact.

— Je ne suis pas en retard ?

Elle avait une belle voix, un peu éraillée.

— Euh... non.

J'ai fait comme si j'étais au courant et je l'ai laissée entrer. Mon père avait dressé une sacrée table dans la salle à manger. Le grand jeu du palace à domicile. Trois couverts. J'ai aussitôt réfléchi aux mille excuses possibles pour échapper à ce repas. Comment m'enfuir discrètement ? Ne pas subir ce qui allait être une soirée longue et pénible. Un premier rendez-vous entre mon père et une femme. Avec moi pour leur tenir la chandelle.

Je n'ai rien trouvé.

Et la première heure a été un cauchemar. La prochaine fois, faudrait que je me prévoie une liste d'alibis plus convaincants que « J'ai mes devoirs à faire » ou « J'ai cours de natation synchronisée » ou « C'est l'heure d'aller au lit, non ? ».

Qui ne s'est jamais retrouvé dans cette situation : devoir participer à une conversation et ne pas savoir formuler la moindre pensée ? Sentir le malaise monter... Ne se focaliser que sur un seul objectif : s'exfiltrer de la pièce. Mon père a pourtant essayé de détendre l'atmosphère. Il a sorti le champagne, il s'est agité, il a parlé vite. Une succession de phrases qui ne servent à rien et que l'on prononce quand même tout en étant lucide sur leur banalité. Moi, je l'observais. C'était presque drôle de le voir ainsi tenter de meubler les grands silences qui s'installaient.

Des tonnes d'anges sont passées.

La femme ne l'aidait pas non plus. Elle ne parlait pas trop. Elle avait bricolé un moyen pour tenir son verre en le coinçant entre sa paume et son pouce. Elle buvait par petites gorgées, concentrée sur ses mouvements. Mais elle a failli renverser une bonne partie de sa coupe sur ses jambes quand elle a voulu la reposer sur la table. Mon père et moi, nous sommes restés immobiles. Le souffle court. Elle l'a senti. Elle s'est levée.

— Bon... on va pas en faire un drame.

Je crois que mon père a eu peur qu'elle parte. Il s'est tourné vers moi et m'a lancé un drôle de regard. Comme si c'était de ma faute si son rendez-vous était raté. Elle a poursuivi :

— Je vais vous laisser. Ce n'est peut-être pas une bonne idée, après tout. Un dîner... tout ça... On se verra une autre fois.

Mon père a baissé les bras. Il a eu l'air si déçu que ça m'a fait de la peine.

— Je n'ai plus l'habitude de recevoir, a-t-il fini par bredouiller.

— Tu n'as jamais reçu personne, papa.

— Je n'ai plus l'habitude d'avoir une discussion normale.

— Tu n'as jamais eu de discussion normale.

— C'est un reproche ?

Je n'ai pas répondu. La femme se taisait. J'ai regardé ses mains qui étaient aussi abîmées que le visage de Sara. À croire que mon père et moi, on avait un faible pour les filles différentes.

— Je croyais qu'on n'avait pas le droit de fréquenter ses malades. Il n'y a pas un code, la déontologie, je ne sais pas, des limites à ne pas franchir ?

Il a eu l'air désemparé.

— Marie n'est plus ma patiente. Elle va quitter l'hôpital dans quelques jours. Alors je l'ai invitée à manger à la maison. Aussi simple que ça. N'y vois aucun sous-entendu. On peut se montrer civilisés, de temps en temps, toi et moi ? Tu peux le comprendre ! On peut avoir des amis.

Je pouvais le comprendre.

Mon père était lancé, il renchérit :

— Et j'en ai assez de notre vie. À deux, là, à vivre comme des chiens qui se reniflent à peine. Et d'être seul. De devoir payer pour la maladie de ta mère. Parce que je m'en veux. Je m'en veux terriblement, Rémi. De ce qui nous est arrivé. Du malheur. Que mon fils puisse croire qu'il est fou. Et je suis fatigué. Fatigué d'être en colère et de penser que c'est de ma faute, et je voudrais qu'on vive bien, toi et moi. Alors j'ai invité Marie. Et Marie, elle a dit oui. Alors on va bien la recevoir. Même si je ne sais pas le faire. Même si c'est de l'impro totale, et que c'est raté et foutu d'avance. Mais nous deux, on sait accueillir les gens. On va le faire à fond, Rémi. Des années qu'on ne respire plus. Tu vas me pardonner. D'avoir raté ton enfance. Mais les enfances ratées, n'en déplaise aux armées de psychologues pessimistes, on peut les réparer. Je vais tout faire pour. Et on va bien manger. Voilà !

On va commencer par la bouffe. On va s'en mettre plein la panse, et on ne va pas en faire un drame! C'est ce que tu as dit, Marie? On ne va pas en faire un drame.

Le silence encore, mais pas pareil.

Comme un soulagement.

Marie s'est assise et nous l'avons rejointe. Il y a eu des moments où personne ne parlait, mais ce n'était plus gênant. Marie m'a raconté comment elle avait perdu ses doigts. Son métier était de guider les gens en montagne. Pas de la petite grimpette du dimanche. Non. Elle parcourait les plus hauts sommets du monde, les huit-mille de la chaîne de l'Himalaya. Le K2, le Lhotse, l'Everest. Que des noms mythiques. Pour sa dernière course, elle était partie avec deux professionnels de la marche en altitude. Un journaliste pour une revue spécialisée et un scientifique polonais qui devait relever des données. Ils avaient tout prévu, sauf qu'ils s'étaient fait surprendre par une tempête terrible. À un moment, le journaliste était tombé dans une crevasse. Elle était descendue le chercher mais ne l'avait pas trouvé. Elle avait erré avec son autre compagnon deux jours et deux nuits avant qu'une équipe de secours les retrouve. Ses doigts avaient tellement gelé qu'il avait fallu les amputer. Comme trois de ses orteils. Le bout de son nez avait failli y passer.

C'est pour ça qu'elle avait repéré la petite Zoé et toute ma bande d'amis. Elle nous trouvait beaux. Beaux de courage.

Je lui ai posé énormément de questions. Je voulais comprendre comment elle avait gardé l'espoir, dans la montagne. Quand on est loin de tout, que le corps lâche, qu'il part en lambeaux, que le froid est insupportable et qu'il n'y a plus rien à manger, comment on fait pour y croire encore.

À quoi on s'accroche ?

Elle m'a répondu qu'on ne s'accrochait à rien. C'était ça, le secret de la survie. Accepter qu'il n'y ait rien à quoi se retenir.

La dernière nuit, après avoir marché des heures dans cette tempête, quand le vent lui avait cisaillé la peau jusqu'aux os, il avait bien fallu se reposer quelque part. Plus de réserves de nourriture. La nuit noire. Le bout de l'espoir. Avec le Polonais, elle avait creusé un trou dans la neige. Ils s'étaient allongés l'un contre l'autre pour trouver un peu de chaleur. Et elle avait halluciné. C'était une des conséquences du mal d'altitude. Elle avait vu une foule s'avancer vers elle. Des gens qu'elle connaissait depuis son enfance, des voisins, des anciens amis. Heureux de la revoir. Sa mère s'y trouvait. Ça ne lui avait pas posé de problème. Pourtant sa mère était décédée six ans avant. D'un cancer du sein. Et donc sa mère s'était adressée à elle et lui avait demandé d'ôter ses gants. Et Marie n'avait pas hésité une seconde. Elle les avait enlevés et les gants s'étaient envolés. Dans son délire, sa mère lui avait donné du thé en échange et l'avait serrée dans ses bras, et c'était un beau moment. Elle avait failli aussi se débarrasser de son anorak et de ses chaussures parce qu'elle croyait avoir très chaud. Son ami polonais l'en avait empêchée. Il l'avait maintenue. Il l'avait bloquée. Il lui avait hurlé dans les oreilles pour qu'elle revienne. Et elle était revenue. Elle a été sauvée. Ses doigts avaient gelé.

Il ne fallait pas en faire un drame.

Et elle a ri. Un petit rire que j'ai bien aimé.

Tard dans la soirée, quand elle est partie, j'ai surpris le baiser que mon père a déposé sur ses lèvres. Ils se tenaient tous les deux sur le palier. La lumière dans le couloir n'était pas allumée. Elle s'est serrée contre lui, a passé son bras autour de ses épaules. Sa main sans doigts s'est posée sur sa nuque. Il s'est penché vers elle. C'était doux et tendre.

On a fait la vaisselle ensemble. On a essuyé les assiettes. On les a rangées. On s'est installés sur le canapé et mon père a sorti un album photo et il m'a montré les photos de ma mère et on a parlé presque toute la nuit.

# - 29 -

## Still loving you

**1984, Scorpions**

*Time, it needs time...*

Adonis ne s'en sortait pas. Ses poumons ne voulaient pas guérir. Sa toux était mauvaise. Un peu comme si on lui avait récuré le corps avec de la Javel et que tout s'était décomposé à l'intérieur de sa poitrine. Des graillons s'accrochaient à ses parois respiratoires. On entendait des ronronnements rocailleux quand il inspirait fort.

Adonis ne trouvait pas la force de lutter. Il demeurait cloîtré dans sa chambre.

Son petit ange gardien Zoé n'éloignait plus les mauvais esprits qui pouvaient rôder devant sa porte.

Moi, je passais vite fait, histoire de lui rendre visite, de causer un peu. Mais même parler, il avait du mal. Il faisait semblant d'être endormi. Je n'étais pas dupe. Sa respiration était faussement calme, ça sentait le sommeil trafiqué.

Quand je l'ai dit à Sara, c'était juste la veille de son opération. Elle s'est énervée, au téléphone :

— Tu ne comprends pas qu'Adonis, il a baissé les bras. Il n'y croit plus. C'est le genre de gars qui croit pouvoir sauver le monde et qui s'aperçoit qu'il ne peut même pas se sauver lui-même. Il est en train de se prendre la réalité en pleine face et ça va nous l'achever. Fais quelque chose, Rémi.

C'était un ordre. Venant de Sara, j'avais intérêt à le prendre au sérieux. Du coup, on n'a pas évoqué les quatre heures à passer sur le billard qui l'attendaient. Et les quelques jours où nous n'allions pas pouvoir nous parler. Elle s'est débarrassée de moi assez rapidement.

J'avais bien une idée pour Adonis...

Je ne savais pas si elle était bonne.

En deux jours, j'ai tout organisé grâce à l'aide des filles et de Pascal. On s'était retrouvés tous les quatre dans la cabane, les derniers survivants d'une civilisation perdue.

Une bande dessinée de Maxime traînait sur la table, les chaussons roses de Zoé étaient glissés sous le canapé défoncé. Et Sara avait laissé sa casquette en évidence, sur le portemanteau. Pascal a sorti un paquet de bonbons et il s'est installé à la place d'Adonis. Les filles lui ont lancé un sale regard.

— Ben quoi, j'ai le droit... Quand le chat n'est pas là...

Elles se sont jetées sur lui pour l'éjecter. Ils se sont écroulés au sol en riant et j'ai dû élever la voix pour présenter mon plan. C'était sérieux.

Chacun de nous avait une mission à remplir. Nous nous sommes mis d'accord.

Et j'en ai parlé à mon père ensuite. Il nous fallait quelqu'un qui avait son permis de conduire. Il ne s'est pas exclamé : Mais c'est n'importe quoi, Rémi ! Non, il a juste soulevé des problèmes matériels. Et trouvé les solutions. C'est ce que j'attendais de lui.

Il a été à la hauteur.

Le samedi matin, j'ai débarqué dans la chambre d'Adonis. Juste après les premiers soins. Il était allongé sur son lit. Son plateau du petit-déjeuner placé sur une tablette, devant lui. Il n'avait touché à rien. Il n'a pas tourné la tête vers moi. Le dernier stade de l'indifférence. Je lui ai suggéré :

— Si tu t'habillais ?

Il n'a pas répondu.

J'ai commencé à réunir ses affaires. Nous n'avions pas trop de temps à perdre et il fallait être efficace.

Séverine est entrée. La fameuse dictatrice en chef de l'étage. Ses lèvres pincées lui donnaient un air de perpétuelle indignation. Elle a croisé ses bras d'un air sévère, comme si elle n'approuvait pas le manque de réaction d'Adonis. Elle était au courant aussi, forcément. Au début, elle avait émis une série d'objections, mais, grâce aux conseils de mon père, j'avais eu les réponses appropriées. Ce qui lui avait rabattu son caquet. Un véritable exploit.

— On va se lever. On va se vêtir et on va sortir, jeune homme.

— Vous êtes obligée de dire « on » quand vous vous adressez à un patient ? ai-je demandé.

— On ne va pas commencer à me les briser !

— On va essayer, madame !

Ça n'a même pas fait sourire Adonis. C'était vraiment le signe qu'il fallait agir.

Je n'ai pas attendu son autorisation. Avec Séverine, nous l'avons aidé à enfiler ses vêtements. Il s'est laissé faire. Elle a entouré son cou de sa fameuse écharpe en laine avec délicatesse. Adonis a eu l'air enfin de se sentir concerné.

— On va où ?

— Tu vas voir.

Séverine pensait qu'il aurait eu besoin d'un fauteuil roulant pour se déplacer, mais il s'est appuyé sur moi, et nous sommes enfin sortis de sa chambre. Pascal et les petites nous attendaient dans le couloir. Elles avaient fait un bouquet, encore une fois. À croire qu'elles avaient découvert leur vocation : fleuristes. Millie l'a montré à Adonis et elle a bien prononcé :

— Ce n'est pas pour toi !

Il a eu l'air surpris. Il a dit :

— D'accord. Pas pour moi. OK. Ça marche.

Nous sommes descendus par l'ascenseur. Dehors, un franc soleil nous a accueillis. Même si l'écharpe n'était pas vraiment utile, Adonis l'a gardée autour du cou. Ses quintes de toux l'empêchaient d'avancer régulièrement. À chaque fois, il était obligé de se plier en deux. À un moment, je me suis demandé si c'était vraiment une bonne idée. « Trop d'émotions, m'avait averti mon père, ce ne sera pas forcément bénéfique. Il va falloir qu'on gère. »

J'avais répondu qu'il valait mieux trop d'émotions que pas du tout. Le sens de la réplique commençait à me venir. Je crois.

Il a d'abord cru que nous nous rendions à la cabane. Mais nous nous sommes dirigés vers le parking. Mon père nous y attendait, sa voiture garée sur le côté. On s'est immobilisés. Séverine a embrassé Adonis sur les joues. Elle avait l'air émue. J'ai cru qu'elle allait nous griller. Mais elle a fini par dire :

— On va faire attention !

— Oui, a répondu Adonis. Mais on ne sait pas à quoi on va faire attention...

Le son de sa voix était plus affirmé.

J'ai présenté Adonis à mon père, puis Millie a glissé le bouquet sur le siège arrière en précisant de nouveau :

— C'est pas pour toi, Adonis. Tu te souviendras.

— Je crois que j'ai compris...

Il s'est tourné vers moi.

— C'est quoi, tout ce cirque, Rémi ?

— Où tu crois qu'on t'emmène, Adonis ?

— Je croyais que c'était moi qui répondais aux questions par des questions ?

On a installé Adonis sur le siège arrière, avec des coussins tout autour de lui pour le caler et une bonbonne d'oxygène en cas de crise grave. Je me suis assis devant. Mon père avait emporté sa petite valise de médecin avec tout le matériel adapté. Les parents de mon ami avaient donné leur accord quand ils avaient appris que mon père faisait partie du complot.

Il s'est mis au volant. On avait repéré le chemin grâce au GPS. Deux heures trente de route.

Adonis ne parlait pas. Je l'observais par le rétroviseur. Son visage était tourné vers l'extérieur, il regardait le paysage sans réagir. Fermé. Il s'est tu pendant tout le trajet. Et moi aussi. Je pense qu'il s'est douté de la destination quand nous sommes sortis de l'autoroute. C'était près de chez lui. Nous avons traversé plusieurs villages, des hameaux tranquilles, des ronds-points fleuris.

Puis nous nous sommes garés devant une maison.

Deux chiens se sont mis à aboyer derrière un portail en bois. Le jardin avait l'air bien entretenu. Lentement, Adonis s'est redressé, comme si tout son corps était douloureux. Et sa voix a jailli, plus forte que d'habitude :

— Tu te fous de ma gueule ?

Mon père m'a regardé.

— Non, mais tu te fous de ma gueule, Rémi ! Tu crois vraiment que je vais sortir ? Tu te prends pour qui ? En fait, elle avait raison, Sara, dès le début. Elle ne pouvait pas te supporter. Tu es un blaireau. J'aurais dû l'écouter dès le début. Je suis trop con. Tu es une pourriture !

— Elle t'attend, Adonis.

— Mais jamais ! Jamais ! Je lui ai pas répondu ! Sa lettre était bidon ! J'ai pas marché ! Je suis naïf, je sais, mais je me suis pas fait avoir ! Pas cette fois.

— Elle t'attend vraiment, Adonis.

— Elle ne sait pas à quoi je ressemble. Elle va me vomir dessus.

— Je lui ai envoyé une photo. Elle a dit que tu n'étais pas plus moche qu'avant.

Il s'est tu. Il s'est redressé. Ses yeux brillaient. Je le retrouvais.

— Elle m'a dit aussi qu'elle attendait ta réponse depuis un sacré bout de temps. Que tu ne lui avais pas répondu et qu'elle comprenait pourquoi. Mais qu'elle voulait vraiment te revoir. Elle a peur de t'effrayer tellement elle a envie de te revoir.

Adonis s'est tourné vers la maison. Le portail s'était entrouvert. Personne n'est sorti. Je lui avais demandé de ne pas se montrer la première.

— Pascal a récupéré la lettre qu'Annelise t'avait envoyée pendant que les filles détournaient ton attention. Il savait que tu la gardais dans ta trousse de toilette, au fond du placard de ta salle de bains. La super-planque. Je lui ai répondu à ta place en lui téléphonant. C'était plus rapide. Je lui ai dit que toi aussi tu voulais la revoir.

— Non.

— Mais oui, tu veux la revoir.

— Non.

— Sors. Va la rejoindre.

— Et si elle me jette ?

— Si elle te jette, t'en feras pas un drame. Voilà.

Il a poussé un soupir. Toussé un peu. Annelise ne bougeait pas derrière le portail. Seule son ombre est apparue, vacillante. Une bien jolie ombre.

Adonis a pris le bouquet que Millie avait déposé près de lui. Il a poussé une sorte de gros soupir rempli autant de glaires que d'émotions, parce qu'il en était rempli.

— Et il n'est pas pour moi, c'est ça ?

# - 30 -

# Smells like teen spirit

**1991, Nirvana**

*Our little group has always been,*
*and always will until the end...*

J'ai reçu le paquet par la poste.

C'est Pascal et les filles qui me l'ont donné. Ils avaient croisé mon père dans les couloirs de l'hôpital et celui-ci leur avait confié la mission de me l'apporter. Une sacrée mission de confiance. Je leur ai fait visiter l'appartement. Ils se sont exclamés devant la vue que j'avais du jardin, la taille de ma chambre, ma chance d'avoir un si grand appartement. On a fouillé dans les placards pour trouver une boîte de gâteaux et on s'est goinfré d'une tablette de chocolat.

Mais je ne pensais qu'à une chose, déballer mon colis pour voir ce qui s'y trouvait.

Mon nom était écrit dessus. J'ai reconnu l'écriture.

Une fois les petits partis, je me suis installé dans le salon et, avec une paire de ciseaux, j'ai délicatement découpé le carton de l'emballage. J'ai sorti les objets, les uns après les autres. Je les ai alignés et puis je les ai regardés un long moment, incapable de réagir.

Dix cassettes.

Les boîtiers étaient décorés, mais pas comme ceux de ma mère. Les dessins de Sara étaient plus stylisés. Elle avait utilisé uniquement un feutre noir. Et elle avait aussi fait des collages avec les visages des chanteurs et des couvertures d'albums. Du travail d'orfèvre. Sur les côtés, elle avait marqué les années. Ça commençait par l'année 1990. La dernière, c'était 1999.

Une autre décennie.

J'ai cherché partout un appareil pour pouvoir écouter. Mon père n'avait rien dans ses affaires, alors je suis allé voir Séverine pour lui demander de l'aide. Elle m'a accueilli avec son visage fermé, son air de ne jamais vouloir sourire. Je savais qu'il ne fallait pas y faire attention.

Elle a fait le tour des chambres et a fini par me dégoter le vieux poste de radio de M. Lazare. Un poste à l'ancienne, avec un compartiment pour écouter les cassettes. Je l'ai embrassée pour la remercier, elle a fait : « beurk », mais elle a bien aimé quand même.

Je me suis enfermé dans ma chambre. Par ma fenêtre sans rideau, je voyais le ciel bleu. Un rayon de lumière oblique éclairait mon lit. Je me suis calé. J'ai branché l'appareil. J'ai placé la première cassette, face A.

Appuyé sur *Play*.

Un souffle d'air.

La voix de Sara.

— Je vais pas te faire le coup du *un*, *deux*, *trois*. Ça serait chelou, non, Rémi ?

Elle a laissé un silence.

— Et j'imagine ta tête, là. Ta petite tête de lapin. Va pas penser que je suis folle de toi. Tu sais très bien que non. Si je te dis que tu es beau, tu vas commencer à te la péter, à ne plus te sentir, à croire que le monde entier est à tes pieds.

Silence.

— Même si t'es pas mal...

Silence.

— Même si Clara du CDI qui soûle a déjà dû te le dire.

Silence.

— J'ai compris un truc l'autre jour. J'étais dans la salle d'attente de l'anesthésiste. C'est un type, il a des tatouages. Un immense dragon sur le bras droit. Je lui ai demandé de me le montrer parce que ça dépassait de la manche de sa chemise. Il a remonté le tissu. J'ai vu la bête. Une sale tronche de monstre qui crache du feu et qui s'attaque à un chevalier qui se défend. Le gars, il s'est tatoué une scène de combat entre un dragon et un héros et il a ma vie entre ses mains. Et bien, ça m'a rassurée. Pas mon père. Mon père, il flippe à chaque fois. Il doit penser qu'un médecin qui porte un tatouage, il doit pas être sérieux. Moi, je trouve que ça le rend encore plus humain. Et se faire endormir par un humain, c'est mieux. Bref, j'étais dans la salle d'attente pour le dernier examen, tu sais, les dernières vérifications avant le décollage. J'écoutais l'année 1989. C'était la dixième fois que je me la passais. À la fin de la cassette, la face B, ta mère parle. Elle dit : « Voilà, c'est fini. » J'ai rembobiné. J'ai réécouté. Voilà, c'est fini. Encore une fois. Et là, Rémi, j'ai compris. Je suis désolée de te le dire, et va pas le prendre mal. Va pas te vexer. Mais elle se trompe, ta mère. C'est pas fini. C'est que le début.

Un silence, encore. Sa respiration.

— Que le début...

Un bruit de feuille froissée.

— J'ai fait un caprice. Mais comme je me fais opérer, j'ai le droit de faire tous les caprices que je veux. Et mes parents t'aiment bien, alors ce n'était pas un caprice, après tout. Je leur ai demandé de me trouver des cassettes et tout le matériel. Je ne sais pas comment ils se sont débrouillés. Et voilà. J'ai pu enregistrer les chansons dans ma chambre. Tu vas découvrir qu'il y a une vie après 1989. Franchement, c'est pas mal. Je veux dire, il y a de belles daubes musicales, mais y a des trucs qui vont te scotcher au plafond.

Silence.

— Je me tais. Je te laisse écouter. Et quand tu auras fini, on passera au XXIe siècle et si on a du courage, on déboulera jusqu'à aujourd'hui. C'est pas une machine à remonter le temps, c'est une machine à revenir dans le présent. C'est bien aussi, le présent.

Silence.

— Allez, pour le plaisir, Rémi. *Quatre, cinq, six...*

1 - *Mala vida*, 1988, Mano Negra

2 - *L'aventurier*, 1982, Indochine.

3 - *Quand la musique est bonne*, 1981, Jean-Jacques Goldman

4 - *Fade to grey*, 1981, Visage

5 - *Travailler c'est trop dur*, 1986, Julien Clerc

6 - *The magnificent seven*, 1980, The Clash

7 - *Should I stay or should I go*, 1982, The Clash

8 - *Je ne suis pas un héros*, 1980, Daniel Balavoine

9 - *Pump up the jam*, 1989, Technotronic

10 - *Beds are burning*, 1987, Midnight Oil

11 - *Boys don't cry*, 1984, The Cure

12 - *Wake me up before you go-go*, 1984, Wham

13 - *Smalltown boy*, 1984, Bronski Beat

14 - *Where is my mind*, 1988, Pixies

15 - *Tous les cris, les SOS*, 1985, Daniel Balavoine

16 - *It's a kind of magic*, 1986, Queen

17 - *Antisocial*, 1980, Trust

18 - *Les histoires d'A.*, 1986, Rita Mitsouko

19 - *Putain de camion*, 1988, Renaud

20 - *Quelques mots d'amour*, 1980, Michel Berger

21 - *Un peu plus près des étoiles*, 1985, Gold

22 - *Beat it*, 1982, Michael Jackson

23 - *Les écorchés*, 1989, Noir Désir

24 - *I'm still standing*, 1983, Elton John

25 - *Un autre monde*, 1984, Téléphone

26 - *Flammes de l'enfer*, 1988, Niagara

27 - *Sweet dreams*, 1983, Eurythmics

28 - *Ouragan*, 1986, Stéphanie de Monaco

29 - *Still loving you*, 1984, Scorpions

30 - *Smells like teen spirit*, 1991, Nirvana